अखंड रण

आयुष कुमार सिंह

अखंड रण

घोषणा-पत्र

यह पुस्तक एक काल्पनिक रचना है। इसमें वर्णित सभी पात्र, स्थान, घटनाएं, और संवाद लेखक की कल्पना का परिणाम हैं। यदि किसी जीवित या मृत व्यक्ति, समुदाय, संस्था, या स्थान से कोई समानता प्रतीत होती है, तो वह केवल एक संयोग मात्र है। लेखक का उद्देश्य किसी की भावना को आहत करना नहीं है।

आयुष कुमार सिंह

25/04/2025

नई दिल्ली

अखंड रण

कथासार

इतिहास केवल विजेताओं की गाथाओं तक सीमित नहीं होता; कुछ कथाएँ रक्त से लिखी जाती हैं—पीड़ा, साहस और बलिदान की अमर धधकती ज्वालाओं से। "अखंड रण" ऐसी ही एक गाथा है, जहाँ नारी केवल सहनशीलता की मूर्ति नहीं, अपितु सृजन और संहार दोनों की अधिष्ठात्री है।

समाज ने बाल विवाह, दहेज प्रथा, और स्त्री-शोषण को युगों से दुषित घोषित किया, परंतु इनकी वास्तविक पृष्ठभूमि को समझने का प्रयास कम ही किया। क्या ये केवल सामाजिक बंधन थे, या किसी सुनियोजित षड्यंत्र की उपज? क्या ये स्त्री को शक्तिहीन करने का एक माध्यम थे, या फिर किसी और बड़ी व्यवस्था की देन?

यह कथा उन अनकही वेदनाओं और छलावे भरे यथार्थों की परतें खोलती है, जिनके मध्य एक नारी योद्धा का उदय होता है। यह केवल व्यक्तिगत संघर्ष की नहीं, अपितु राष्ट्रधर्म की गाथा है।

जब विदेशी आक्रांताओं ने इस भूमि को अपवित्र करने का दुस्साहस किया, जब सभ्यता के मूल स्तंभों को गिराने के प्रयास हुए, तब केवल तलवारें ही नहीं उठीं—नारी ने स्वयं को रणचंडी के रूप में स्थापित किया। उसने रक्त से शुचिता की रेखाएँ खींचीं, अपने हृदय में जल रही राष्ट्रभक्ति की अग्नि को शस्त्र बना लिया।

लेखक: आयुष कुमार सिंह

1.अर्धरात्रि का सन्नाटा

पूरा गाँव अंधकार की चादर ओढ़े गहरी निद्रा में डूबा पड़ा था। दूर कहीं किसी सियार की लंबी, डरावनी चीख उस निस्तब्धता को भेदने का असफल प्रयास कर रही थी। कच्चे मकानों की कतारों के बीच जलते दीपक अब बुझने को थे, जैसे रात की नमी ने उनके अस्तित्व को धीरे-धीरे सोख लिया हो। सघन वृक्षों की छाँह तले पसरा सन्नाटा इतना गहरा था कि लगता था मानो स्वयं समय भी यहाँ ठहर गया हो।परंतु राजमहल के भीतर समय ठहरा नहीं था। वहाँ पीड़ा की लहरें उठ रही थीं, अधरों पर दबी प्रार्थनाएँ मूक आर्तनाद में बदल रही थीं। गर्भवती गौमती देवी प्रसव पीड़ा से छटपटा रही थीं। कमरे में रखी तेल की बाती कभी तेज़ जल उठती, तो कभी बुझने को होती—मानो स्वयं भाग्य भी संशय में हो कि इस रात को किस रंग में रंगे।और फिर, जब घड़ी की सुइयाँ ठीक मध्यरात्रि पर आकर ठहर गईं, तब एक चीख ने सन्नाटे को चिर दिया। उसी क्षण, राजमहल के बाहर जलती अखण्ड दीपक की जोत सहसा तीव्र हो उठी, उसकी लौ

मानो किसी अज्ञात ऊर्जा से आलोकित हो गई थी। पीली आभा अब गहरे स्वर्णिम प्रकाश में परिवर्तित हो रही थी, जैसे किसी अदृश्य शक्ति ने उसे और प्रखर कर दिया हो। लौ की कंपन में एक विचित्र गति थी—न स्थिर, न चंचल, परंतु एक दिव्य स्पंदन से भरपूर। अंदर बैठे वैद्यराज ने एक गहरी साँस ली और धीमे स्वर में कहा—"रानी साहिबा, कन्या जन्मी है।"

क्षणभर को सारा कक्ष मौन हो गया। गौमती देवी ने अपनी थकी हुई आँखों से अपने पति की ओर देखा, पर वहाँ कोई हर्ष का भाव नहीं था। ठाकुर रामसुधन सिंह ने दबी हुई निराशा के साथ सिर झुका लिया। एक कन्या का जन्म वह भी ऐसे समय में?

अगले दिन

सूरज की पहली किरण के साथ ही, महल में पंडित कृष्णदास जी का आगमन हुआ। वे एक प्रतिष्ठित विद्वान थे, जिनकी भविष्यवाणियाँ कभी असत्य नहीं होती थीं। महल के द्वार पर खड़े होकर उन्होंने गंभीर स्वर में कहा—

"जिन्होंने इस जन्म को केवल स्त्री रूप में देखा, उन्होंने अज्ञानता का घोर अंधकार ओढ़ रखा है। यदि इस कन्या में देवी शैलपुत्री का

दर्शन नहीं किया तो मनुष्य जन्म व्यर्थ है, उनकी पूजा, उनके मंदिर व्यर्थ हैं। "

ठाकुर रामसुधन सिंह के मुख पर उलझन के भाव स्पष्ट थे। उन्होंने धीरे से कहा, "पर यह भाग्य..."

"भाग्य नहीं, ठाकुर," कृष्णदास जी बोले, "जो हुआ है, वह भवानी की इच्छा से हुआ है। यह कन्या साधारण नहीं। यह ऐसे पुत्र को अवतारित करेगी जो इसकी गोद को पावन कर तुम्हे और इसे दोनों को परम पद की प्राप्ति करवाएगा।"

कमरे में गूंजते उन शब्दों ने जैसे वातावरण को और भी रहस्यमय बना दिया।

2: तक़दीर की रेखाएँ

दरियागंज - उत्तर भारत का एक प्राचीन गाँव, जहाँ कछवाहा वंश के गौरवशाली योद्धाओं की पीढ़ियाँ बसी थीं। यह वही भूमि थी, जहाँ कभी तलवारों की टंकार गूँजी थी, जहाँ रक्त बहा था, परंतु स्वाभिमान कभी नहीं झुका था। पर अब यह वैभव मात्र एक स्मृति बनकर रह गया था।मुगल सल्तनत की छाया इस भूमि पर पड़ चुकी थी। वह कछवाहा जिन्होंने कभी अपने पराक्रम से रणभूमि को रौशन किया था, अब एक नाम मात्र के राजा रह गए थे। राजनीतिक चालें और युद्ध की कुटिल नीतियाँ इस वंश के पुरुषों की तलवारें कुंद कर चुकी थीं। वे अब स्वयं को राजा तो कहते थे, परंतु उनके अधिकार सीमित कर दिए गए थे।परंतु सबसे बड़ा कलंक था मुगलों द्वारा कन्याओं का अपहरण। शक्तिशाली सेनाएँ गाँवों को रौंदती हुई आतीं और सुंदर युवतियों को उठा ले जातीं। शाही हरम की भूख मिटाने के लिए असंख्य बेटियाँ अपने परिवारों से छीन ली जाती थीं। नन्ही कन्याओं को भी नहीं बख्शा जाता। वे हुमायूं की रक्त-रंजित

नीति का शिकार बन चुकी थीं। गाँव के लोग भयभीत थे, परंतु विरोध करने का साहस अब कोई नहीं करता था।

राजमहल के भीतर, ठाकुर रामसुधन सिंह अपने कक्ष में चिंतामग्न बैठे थे। उनके सामने बीते वर्षों की स्मृतियाँ जीवंत हो उठी थीं—वे रातें जब मुगलों के घुड़सवार गाँव की गलियों में कहर बरपाते, चीख-पुकार उठती, और बेटियाँ हमेशा के लिए गायब हो जातीं।तभी पीछे से आती पदचाप ने उनके विचारों की श्रृंखला तोड़ी। गौमती देवी—उनकी धर्मपत्नी, तेजस्विनी और दृढ़ नारी, जो अपने विचारों में उतनी ही अडिग थीं, जितनी वह अपने कर्तव्य में। उन्होंने नवजात कन्या को अपनी गोद में उठाया और ठाकुर के समीप आकर खड़ी हो गईं।

"स्वामी," उनका स्वर कोमल था, परंतु दृढ़। "यह हमारी संतान है। हमारी अपनी रक्त-रेखा। क्या यह केवल एक कन्या है?"

रामसुधन सिंह ने गहरी सांस ली, पर कोई उत्तर न दिया। गौमती देवी आगे बढ़ीं और धीरे से नवजात को अपनी गोद से उठाकर उनके सामने कर दिया।

"इसे देखिए, ठाकुर! क्या आप इसे मात्र एक स्त्री मानते हैं? क्या यह वही रक्त नहीं धारण करती, जो आपका है?क्यों मौन हैं? क्या पुत्री का जन्म इतना अस्वीकार्य है?"

ठाकुर रामसुधन सिंह ने शिशु की ओर देखा—छोटे-छोटे हाथ, मासूम चेहरा, और एक अजीब-सी शांति, जो उनके मन में पहली बार किसी नए विचार को जन्म दे रही थी।"गौमती, मैं एक पिता हूँ, परंतु उससे पहले मैं एक योद्धा हूँ," उन्होंने भारी स्वर में कहा। "और यह समाज..."

"समाज वही देखता है जो इतिहास उसे दिखाता है," गौमती ने दृढ़ स्वर में उत्तर दिया। "परंतु इतिहास वही लिखता है, जो परिवर्तन का साहस रखता है।"

इसी बीच, महल में हलचल होने लगी। बाहर कुछ स्त्रियाँ फुसफुसा रही थीं—"बेटी हुई है... ठाकुर साहब क्या सोच रहे होंगे?

"गौमती ने उन फुसफुसाहटों को सुना, परंतु उनकी दृष्टि केवल अपनी पुत्री पर टिकी थी। "जो होना था, वह हुआ। और मैं इसे देवी की भाँति ही पालूँगी।"

उन्होंने धीरे से कहा, "गौमती, समाज की रीति-नीति हमसे कुछ और कहती है।"

"समाज की परवाह वही करता है, जो अपने निर्णय स्वयं लेने में असमर्थ होता है," गौमती ने बीच में ही कह दिया। "क्या हमारे पूर्वजों ने केवल समाज के कहने पर तलवार उठाई थी? नहीं! उन्होंने वही किया जो कछवाहा वंश के सम्मान के अनुकूल था।"

रामसुधन कुछ क्षण मौन रहे। फिर एक गहरी सांस लेकर बोले, "हम इसे किसी और के हवाले नहीं करेंगे। यह हमारी संतान है, हमारे वंश का हिस्सा है। यह महल में ही पलेगी, कछवाहा कुल की गरिमा के साथ।"

गौमती की आँखों में संतोष की चमक थी। उन्होंने नवजात को और समीप खींच लिया।

"तो तय रहा," ठाकुर ने एक दृढ़ निश्चय के साथ कहा। "यह केवल एक कन्या नहीं—यह शक्ति का नया स्वरूप है।"

कमरे में पसरी निस्तब्धता को तभी पुरोहित कृष्णदास जी की गंभीर आवाज़ ने भंग किया, जो भीतर आ चुके थे।

"ठाकुर , क्या मन में कोई संशय बचा है?"

रामसुधन सिंह ने सिर हिलाया। "अब कोई संशय नहीं, पुरोहित जी। जो हुआ, वह भवानी की इच्छा थी।"

ठाकुर रामसुधन सिंह और गौमती देवी के समक्ष पंडित कृष्णदास जी ने शिशु को गोद में लिया। उन्होंने पलभर के लिए नेत्र बंद किए, फिर गंभीर स्वर में बोले–"अर्धरात्रि की इस वेला में जन्म लेने के कारण इसका नाम रजनी होगा। जैसे रात्रि अपनी शीतलता और सौम्यता से संपूर्ण सृष्टि को विश्राम देती है, वैसे ही यह कन्या अपने तेज से इस कुल की गरिमा बढ़ाएगी।"

गौमती देवी ने स्नेहभरी दृष्टि से अपनी पुत्री को देखा और मुस्कुराते हुए कहा, "यह केवल रात्रि की भांति शांत ही नहीं, बल्कि उस शोभा से भी संपन्न होगी जो प्रिय प्रीतम के मन को मोहित करती है। यह नाम इसे शोभा देगा।"

पंडित जी ने सिर हिलाकर सहमति व्यक्त की, और पूरे महल में मंगल ध्वनि गूंज उठी। गौमती देवी ने गर्व से अपनी पुत्री को गोद में कस लिया। उन्होंने आँखें बंद कीं और मन ही मन माँ भवानी का धन्यवाद किया।

सुदूर पहाड़ियों के उस पार, सूर्य अब पूर्ण रूप से उदित हो चुका था।

3: एक पक्षी की उड़ान

ब्रह्ममुहूर्त का समय था। समूचे महल में शांति व्याप्त थी, परंतु एक कोमल और सुमधुर स्वर इस नीरवता को भंग कर रहा था। पूर्वी महल की छत पर, एक किशोरी, हल्के स्वर्णिम वस्त्रों में लिपटी, भोर की लालिमा में नहाई बैठी थी। उसकी कोमल आवाज़ में भक्ति की भावना झलक रही थी–

"प्रभु मेरे, तुम बिन कौन सहारा,तुमसे ही जगत उजियारा..."

यह रजनी थी। महल की राजकुमारी, जो केवल कुलीन रक्त से ही नहीं, अपितु ज्ञान और प्रतिभा से भी सम्पन्न थी। वह भावविभोर होकर अपने प्रभु की आराधना कर रही थी, मानो उसका मन कहीं दूर किसी और संसार में विचरण कर रहा हो।

"रजनी!"पीछे से माँ गौमती देवी की आवाज़ आई। रजनी ने धीरे से पीछे मुड़कर देखा।

गौमती देवी (मुस्कुराकर): "बेटी, तुम्हारा स्वर तो साक्षात् माधवी स्वरूप है, ईश्वर तुम्हारा कल्याण करे।"

रजनी कुछ न कह सकी, केवल मुस्कुरा दी। तभी एक दासी आई और सिर झुकाकर बोली–"महाराज ने युवराज्ञी को राजदरबार में बुलाया है।"

रजनी ने धीमे स्वर में कहा, "क्या विषय है?"

दासी ने उत्तर दिया, "यह तो महाराज ही बताएंगे, परन्तु सुना है कि पड़ोसी राज्य के राजदूतों से वार्ता के लिए आपकी सहायता आवश्यक है।"

रजनी ने गंभीरता से सिर हिलाया। उन्होंने बचपन से ही केवल महल की चारदीवारी में रहकर ही नहीं, बल्कि शास्त्रों और नीतियों का गहन अध्ययन कर स्वयं को योग्य बनाया था। अब समय था कि वह अपने ज्ञान का प्रयोग कर अपने राज्य के हित में कुछ कर सकें।

गौमती देवी ने धीरे से रजनी के माथे को चूमा।"जाओ, पुत्री। तुम्हारी विद्या इस राज्य की अमूल्य निधि है।"

दासी:"महारानी,ऐसी षोडशी, जो तपमय जीवन जीती है और अपने तेज से सभी को आकर्षित करती है, वह स्वयं भगवती

ब्रह्मचारिणी का स्वरूप है।,कृष्ण दास के वचन सत्य प्रतीत होते है।"

गौतमी देवी के मुख पर संतोष की आभा छलक उठी।रजनी ने सिर झुकाकर आशीर्वाद लिया और तेज़ क़दमों से दरबार की ओर बढ़ी।

दरबार में राजपुरोहित, दरबारी और सेनापति पहले से उपस्थित थे। राजा रामसुधन सिंह, रजनी के पिता, सिंहासन पर आसीन थे।

राजपुरोहित: "महाराज, बंगाल प्रांत इस वर्ष भीषण बाढ़ की चपेट में है। हमारे पड़ोसी राज्य से सहायता का आग्रह आया है।"

राजा ने गंभीर स्वर में कहा, "हम अन्न और वस्त्र भेजेंगे। परंतु राजाज्ञा के लिए पत्र की आवश्यकता होगी।"

राजपुरोहित ने मुस्कराकर रजनी की ओर देखा।"महाराज, आपकी पुत्री इस कार्य में निपुण है। आठ भाषाओं में निपुणता, नीति और कूटनीति का ज्ञान–रजनी से बेहतर यह कार्य कौन कर सकता है?"

राजा ने स्वीकृति में सिर हिलाया।

राजा: "रजनी, यह दायित्व तुम्हारा है। इस पत्र को ऐसे लिखो कि हमारी सहायता से उन्हें संबल मिले और राज्य की प्रतिष्ठा भी बनी रहे।"

रजनी ने सिर झुकाकर आज्ञा स्वीकार की। फिर, उसने अपनी कलम उठाई और कुशलता से पत्र को संस्कृत, हिंदी, बंगाली और उर्दू में लिखा, ताकि यह हर राजदूत को समझ आ सके।

पत्र पूर्ण होते ही, उसने उसे शाही मोहर से सुरक्षित किया और दास को बुलाकर आदेश दिया– "इसे तुरंत दूत के माध्यम से प्रेषित कराओ।"

दूत पत्र लेकर चला गया। राजा ने संतोष भरी दृष्टि से रजनी को देखा।

राजा: "तुम्हारी लेखनी उतनी ही सशक्त है, जितनी तलवार।"

रजनी केवल मुस्कुरा दी, पर उसके भीतर कहीं एक प्रश्न अभी भी जीवित था।

दरबार से लौटकर, रजनी सीधे अपने कक्ष में चली गई। यह कमरा केवल एक राजकुमारी का कक्ष नहीं था, बल्कि एक विदुषी, एक लेखिका और एक जिज्ञासु मन की दुनिया थी। चारों ओर ग्रंथ, ताड़पत्र और स्याही-कलम रखे थे।रजनी की दृष्टि उस अधूरी पांडुलिपि पर पड़ी– "वीर गाथा"। यह वही ग्रंथ था, जिसे वह वर्षों से लिख रही थी। एक ग्रंथ, जो उन वीरों की कहानियाँ समेटे था, जिनकी तलवारें समय के गर्त में दबा दी गई थीं।तभी उसकी सखी तारा अंदर आई।

तारा (चंचलता से): "आज तो तुमने राजदरबार में अपना परचम लहरा दिया!"

रजनी ने हल्की मुस्कान दी, लेकिन उसकी आँखों में एक अलग सा भाव था।धीमे स्वर में बोली "तारा, कभी-कभी लगता है कि यह महल स्वर्ण पिंजरा है। यहाँ से निकलने का कोई मार्ग नहीं।"

तारा (चौंककर): "परंतु तुम तो यही चाहती थीं न? शासन की नीतियों में योगदान देना, अपनी विद्वत्ता से राज्य की सेवा करना?"

रजनी खिड़की के पास चली गई। जालीदार झरोखे से बाहर झाँका। दूर गाँव के सामान्य लोग अपनी स्वतंत्रता में विचरण कर रहे थे।

रजनी (आकाश की ओर देखते हुए): "हाँ, चाहती थी परंतु एक पक्षी को उड़ने की आकांक्षा भी होती है।"

तारा ने उसके हाथ में रखे ताड़पत्रों को देखा।और कहा "और तुम्हारी 'वीर गाथा'?"

रजनी ने पांडुलिपि पर उँगलियाँ फिराईं। "यह सिर्फ़ अक्षरों का संग्रह नहीं, तारा। यह उन वीरों की कहानी है, जिनकी आवाज़ दबा दी गई। पर मैं उन्हें विस्मृति में नहीं जाने दूँगी।"

तारा ने गर्व से उसे देखा। "तो फिर, तुम्हारी कलम ही तुम्हारी आज़ादी है। एक दिन यह गाथा तुम्हें भी मुक्त कर देगी।"

रजनी हल्का सा मुस्कुराई, लेकिन उसकी आँखों में अभी भी एक अनकही बेचैनी थी।(झरोखे की ओर देखते हुए, धीमे स्वर में): "राजमहल से आज़ादी कब मिलेगी?"

4: अनजानी अनुभूतियाँ और नियति का निर्णय

भोर का समय था। बंगाल प्रांत में बाढ़ के निरीक्षण के लिए आए किशोर सेनापति सूर्यभानु सिंह अपने अभियान की समाप्ति कर चुके थे। वह गोंडवाना साम्राज्य के राजा के विश्वासपात्र थे और अब दरियागंज जाने का निश्चय कर चुके थे। दरियागंज के राजा भी गोंडवाना के राजा के सहयोगी थे, और यह यात्रा राजनीतिक रूप से भी महत्त्वपूर्ण थी।

दरियागंज का राजदरबार अपने पूर्ण वैभव में सुसज्जित था। राजा अपने सिंहासन पर आसीन थे। सभा में उनकी पुत्री युवराज्ञी रजनी भी उपस्थित थीं, जो हमेशा की तरह दस्तावेज़ी कार्य संभाल रही थीं।सूर्यभानु सिंह दरबार में प्रविष्ट हुए। उनका स्वरूप आकर्षक था—ऊँचा कद, सुदृढ़ शरीर और सोमवंशी राजपूती सौंदर्य की आभा। उनके प्रवेश करते ही राजकुमारी की दृष्टि उन पर ठहर गई। उनके मन में एक विचित्र आकर्षण उत्पन्न हुआ,

जो उन्होंने पहले कभी अनुभव नहीं किया था। उनकी आँखें जैसे अनजाने में ही बार-बार सेनापति की ओर उठने लगीं। उनका मन किसी अनजाने भाव से घिरता जा रहा था। यह अनुभव उनके लिए नवीन था, अप्रत्याशित भी।जब उन्होंने राजसिंहासन की ओर बढ़ते हुए प्रणाम किया, तो उनकी मुद्रा में अद्‌वितीय तेजस्विता झलक रही थी। उनके वस्त्रों पर युद्‌ध की धूल की हल्की छाप थी, जिससे उनकी परिश्रमशीलता स्पष्ट हो रही थी।दरबार की नीरवता में केवल चंदन और गुलाब की सुगंध फैल रही थी, परंतु रजनी के भीतर एक नई अनुभूति जन्म ले रही थी। यह आकर्षण था? यह सम्मान था? या यह कुछ और... जो वह स्वयं भी समझ नहीं पा रही थी?

रात के गहन अंधकार में, जब संपूर्ण राजमहल शांति में डूबा था, राजमहल की ऊँची अटारी से एक सजीव प्रतिमा-सी राजकुमारी राजनी खड़ी थी। चंद्रमा अपनी पूर्ण आभा के साथ नभ में झिलमिला रहा था, उसकी शीतल चाँदनी राजमहल के प्राचीन पत्थरों पर एक दिव्य आभा बिखेर रही थी। मंद समीर के झोंके जब उसके मुखमंडल को स्पर्श करते, तो ऐसा प्रतीत होता मानो

कोई अदृश्य शक्ति उसके विचारों को और अधिक आंदोलित कर रही हो। उसकी दृष्टि असीम गगन में टिकी थी, किंतु मन अतीत और भविष्य के ताने-बाने बुन रहा था। हृदय की गहराइयों में एक विचित्र खिंचाव उत्पन्न हो रहा था—एक नया अनुभव, एक अनजाना आकर्षण, जो आज से पहलेउसने कभी महसूस नहीं किया था।

"क्या यही वह अनुभूति है, जिसके विषय में कवि अपनी रचनाओं में कहते हैं?" राजनी ने स्वयं से प्रश्न किया।

वह चंद्रमा को एकटक निहारती रही—मानो वह उसके मनोभावों को समझता हो। उस क्षण उसके हृदय में एक अजीब-सी हलचल थी, जैसे कोई नई कली धीरे-धीरे खिलने को तैयार हो। उसका मन रह-रहकर दरबार के उस दृश्य की ओर दौड़ जाता, जहाँ पहली बार उसने किसी पुरुष के प्रति ऐसा भाव अनुभव किया था। वह अब भी उसकी गंभीर दृष्टि, ऊँचे ललाट और तेजस्वी मुखमंडल का स्मरण कर रही थी। एक गहरी साँस लेकर उसने अपनी आँखें मूँद लीं, परंतु स्मृतियों का प्रवाह अविरल था। वह जानना चाहती थी कि यह जो भीतर एक अनकहा संगीत बज उठा है, यह क्या है?

यह मन की चंचलता मात्र है या कुछ और? सहसा, पास में जल रही दीपशिखा की लौ हल्की-सी कांपी, मानो यह संकेत दे रही हो कि परिवर्तन की आहट निकट है। राजकुमारी के अधरों पर एक अनजानी मुस्कान तैर गई, परंतु अगले ही क्षण वह गहन चिंता में डूब गई—"यदि यह भावनाएँ अनुचित हुईं, तो?" उसने झरोखे से नीचे देखा—गहरे अंधकार में लिपटा महल शांत पड़ा था, किंतु उसके भीतर उठने वाले प्रश्नों की गूँज चारों ओर गूँज रही थी। क्या यह सब एक स्वप्न है? या भाग्य का कोई संकेत? उस रात, जब पूरी दुनिया निद्रा में मग्न थी, राजकुमारी राजनी की आँखों में नींद नहीं थी। वह चंद्रमा से प्रश्न कर रही थी, पर उत्तर कहीं नहीं था।

प्रातःकाल पूजा के समय भी उनका ध्यान केंद्रित नहीं हो पा रहा था। उनके अंतर्मन में वही प्रश्न गूँज रहे थे। उनकी सहेली तारा ने यह भाँप लिया और अंततः पूछ ही लिया, "राजकुमारी, क्या हुआ? आपका मन आज विचलित लग रहा है।"

राजकुमारी ने कुछ क्षण सोचा और फिर धीमे स्वर में कहा, "तारा, तुमने कल दरबार में वह युवक देखा? सेनापति सूर्यभानु सिंह

मुझे नहीं समझ आता, परंतु उनकी उपस्थिति ने मेरे मन में कुछ विचित्र सा उत्पन्न कर दिया।"

तारा ने यह सुनकर अपने होंठों पर मुस्कान दबा ली, किन्तु उसने इस विषय को टाल दिया। तारा अष्टादशवर्षीया एक नवयुवती थी, जो इन समस्त भावनाओं से पूर्व में ही गुजर चुकी थी। उसे इन सभी अनुभूतियों का उचित और गहन अर्थ भली-भांति ज्ञात था।

शरद ऋतु का आगमन हो गया था रानी गौतमी देवी अपनी कक्ष में विराजमान थीं। उनके समक्ष नूपुर रखे थे, जिन्हें पहनने के लिए उनकी प्रिय दासी झुकी हुई थी। कमरे में हल्की सुगंध बिखरी थी, दीपों की मंद ज्योति दीवारों पर नृत्य कर रही थी। जैसे ही सखी ने नूपुर उनके चरणों में बाँधने के लिए उनके पैरों पर हल्का-सा आटा लगाया, रानी ने कोमल स्वर में कहा।

"रजनी की लेखनी दिन-ब-दिन और भी सशक्त होती जा रही है। उसकी दृष्टि में जो गहराई है, वह किसी साधारण बालिका की नहीं हो सकती। शब्दों की इतनी तीव्र पकड़, भावों की इतनी सजीव

अभिव्यक्ति... यह तो राजकुल की गरिमा को और ऊँचाइयों तक ले जाएगी।"

दासी ने मुस्कुराते हुए कहा, "राजकुमारी तो विदुषी हैं ही, पर अब उनके मन में कुछ बदलाव आ रहा है।"

गौतमी देवी ने तनिक आश्चर्य से उसकी ओर देखा, "बदलाव? कैसी बात कर रही हो, तारा?"

तारा ने तुरंत अपनी गलती समझी, किन्तु अब बात छुपाना व्यर्थ था। उसने झिझकते हुए उत्तर दिया, "महारानी, मैं कुछ अधिक तो नहीं जानती, पर इतना अवश्य कह सकती हूँ कि पिछले कुछ दिनों से वे बहुत खोई-खोई-सी रहती हैं। प्रातः काल की पूजा हो या अर्धरात्रि का नीरव क्षण, उनकी दृष्टि कहीं और ठहरी रहती है।"

राजमाता ने विचारपूर्ण स्वर में कहा, "राजनी का हृदय सरल है, परंतु राजकुमारियाँ अपनी भावनाओं को इतनी सहजता से व्यक्त नहीं कर सकतीं। क्या तुम्हें ज्ञात है कि यह परिवर्तन किस ओर संकेत कर रहा है?"

तारा ने थोड़ी देर मौन साधा, फिर धीमे स्वर में कहा, "महारानी, यह परिवर्तन संभवतः सेनापति सूर्य भानु सिंह के आगमन के बाद से हुआ है।"

गौतमी देवी क्षणभर के लिए स्तब्ध रह गईं। उन्होंने दासी की ओर देखा, उनके नेत्रों में गहरी चिंता की झलक थी। वे जानती थीं कि एक राजकुमारी के लिए भावनाएँ सहज नहीं होतीं—विशेषकर तब, जब राज्य की सीमाएँ संकट में हों और मुगलों की कुटिल दृष्टि राजकुल पर हो। उन्होंने एक गहरी साँस ली और कहा, "तारा, यह बात किसी और से मत कहना। मुझे पहले स्वामी से परामर्श करना होगा। यदि यह सच है, तो हमें शीघ्र ही कोई निर्णय लेना होगा, अन्यथा समय हमारे हाथ से निकल जाएगा।"

तारा ने सहमति में सिर हिलाया और नूपुर को सावधानीपूर्वक रानी के चरणों में बाँध दिया। कमरे में क्षणभर के लिए मौन छा गया, परंतु दोनों के हृदय में भावनाओं का ज्वार उमड़ रहा था—एक अनिश्चित भविष्य की चिंता, और एक अनकहा सत्य, जो धीरे-धीरे उजागर हो रहा था।

इस बात को सुनने के पश्चात, गौतमि देवी ने राजा से चर्चा करने का निश्चय किया। रात का तीसरा प्रहर था। राजमहल के दीर्घ कक्ष में एक भारी सन्नाटा पसरा था, केवल दीयों की टिमटिमाती लौ और महकती धूप की सुगंध वातावरण को आभामय बना रही थी। महाराज रामसुधन सिंह अपने आसन पर गंभीर मुद्रा में बैठे थे, और उनके ठीक सामने रानी गौमती देवी, जो अपनी शालीनता और दूरदृष्टि के लिए प्रसिद्ध थीं, विचारमग्न खड़ी थीं। रानी की आँखों में चिंता की गहरी रेखाएँ उभर आई थीं। उनके स्वर में दृढ़ता और कोमलता का संगम था–"महाराज, मुगलों का आतंक निरंतर बढ़ रहा है। अभी तक तो हमारी संधियाँ और समझौते हमें सुरक्षित रखे हुए हैं, परंतु यह कब तक चलेगा? और रजनी वह अभी केवल   चौदह वर्ष की है। यह विवाह की उम्र नहीं होती। किंतु" उन्होंने गहरी साँस ली और राजा की ओर देखा, "यौवन की देहरी पर खड़ी एक कन्या को शत्रुओं की दृष्टि से कब तक बचाया जा सकता है? युवावस्था में उसकी सुरक्षा का क्या होगा? "

राजा ने अपना सिर उठाया, उनकी आँखों में दृढ़ निश्चय की चमक थी। वह जानते थे कि राजनीति और युद्धनीति में केवल

भावना से निर्णय नहीं लिए जा सकते। कुछ समय तक विचार करने के बाद उन्होंने उत्तर दिया—"तुम सही कह रही हो, गौमती। राजवंशों में विवाह केवल प्रेम का बंधन नहीं, बल्कि एक राजनैतिक संधि भी होता है। यदि हम आज कोई निर्णय नहीं लेते, तो भविष्य में हमें पछताना पड़ सकता है।"

रानी की चिंता कम नहीं हुई थी। उन्होंने धीरे से आगे बढ़कर राजा का हाथ थामा और स्नेहभरे, परंतु चिंतित स्वर में बोलीं—"रजनी हमारी एकमात्र संतान है, महाराज। वह कोई साधारण कन्या नहीं, बल्कि हमारी कुलगौरव है। हम उसके भविष्य को किसी भी प्रकार की अनिश्चितता में नहीं डाल सकते। परंतु क्या उसे यह सब बताना उचित होगा?"

राजा कुछ क्षणों तक मौन रहे, फिर उन्होंने दृढ़ता से कहा—"रजनी केवल हमारी पुत्री नहीं, बल्कि दरीयागंज की अधिकारिणी भी है। उसे सच्चाई का सामना करना ही होगा। परंतु हमें यह निर्णय अत्यंत सोच-समझकर लेना होगा। विवाह केवल सुरक्षा के लिए नहीं, बल्कि उसके भावनात्मक और मानसिक संतुलन के लिए भी उचित होना चाहिए।"

रानी कुछ क्षणों तक चुप रहीं, फिर धीमे स्वर में बोलीं—"सूर्य भानु सिंह एक योग्य सेनापति है। वह वीर, निष्ठावान और कुशल रणनीतिकार है। परंतु सबसे महत्वपूर्ण यह है कि वह हमारी कुल मर्यादा को समझता है। यदि यह प्रस्ताव आगे बढ़ाया जाता है, तो क्या रजनी इसे स्वीकार करेगी?"

राजा ने गहरी साँस लेते हुए उत्तर दिया—"यही सबसे बड़ा प्रश्न है, रानी। हमें रजनी की इच्छा भी जाननी होगी। हम जबरदस्ती कोई निर्णय नहीं थोप सकते। परंतु एक बार उसे समझाने का प्रयास अवश्य करना होगा।"

रानी ने सहमति में सिर हिलाया। उनकी आँखों में अब भी चिंता की झलक थी, परंतु उन्होंने मन ही मन निर्णय कर लिया था—अगली रात वह स्वयं अपनी पुत्री से बात करेंगी। रात्रि के सन्नाटे में दूर कहीं महल के झरोखों से प्रकृति झाँक रही थी, मानो वह स्वयं भी इस निर्णय का साक्षी बनने को उत्सुक हो।

रात्रि के समय राजा और रानी दोनों राजकुमारी के कक्ष में गए। उन्होंने धीरे से कहा, "रजनी, हम तुमसे एक महत्त्वपूर्ण विषय राय लेने आए हैं।"

राजकुमारी ने उनके गंभीर स्वर को भाँप लिया और मौन रही।

राजा ने आगे कहा, "यह तुम्हारे भविष्य का निर्णय है और तुम्हारी सहमति आवश्यक है।"

राजकुमारी ने कुछ क्षण सोचा, फिर एक गहरी साँस लेकर कहा, "मैं अपने माता-पिता के निर्णय को स्वीकार करती हूँ। जो भी उचित हो, वही करें।"

रानी ने उसकी आँखों में देखा और उसके माथे को चूम लिया। इस प्रकार, नियति ने एक नया मोड़ ले लिया।

5: विवाह

दरबार का वातावरण गंभीर था। राजसिंहासन पर रामसुधन सिंह आसीन थे, उनके समीप रानी गोमती देवी बैठी थीं। सभा में महामंत्री, अन्य राजपुरुष एवं विद्वानजन उपस्थित थे। सभा के मध्य पंडित कृष्णदास विराजमान थे, जिनकी विद्वत्ता का आदर समस्त राज्य करता था।कृष्णदास बोले, "आज का दिवस अत्यंत विशिष्ट है। यह मात्र विवाह का प्रस्ताव नहीं, अपितु एक नए इतिहास के प्रारंभ की भूमिका है। ऐसे समय में हमें विचारशीलता और दूरदर्शिता से निर्णय लेना होगा।"

मंत्रियों में कानाफूसी होने लगी। तभी एक मंत्री ने सुझाव दिया, "राजकुमारी स्वयं इस प्रस्ताव को संप्रेषित करें तो अधिक उचित होगा। यदि वे अपने शब्दों में पत्र लिखेंगी, तो इससे उनकी स्वीकृति भी परिलक्षित होगी।"

राजा रामसुधन सिंह गंभीर स्वर में बोले, "निश्चित ही, यह एक उचित सुझाव है। राजकुमारी को बुलाया जाए।" कुछ ही क्षणों में राजकुमारी रजनी सभा में प्रविष्ट हुईं। उनकी तेजस्विता से सभा

कक्ष प्रकाशमान हो उठा। राजा ने उन्हें सम्बोधित करते हुए कहा, "रजनी, यह समय है कि तुम अपने शब्दों से एक नया अध्याय लिखो। तुम अपने भाव स्वयं इस पत्र में अंकित करो।" रजनी ने सिर झुकाकर आज्ञा स्वीकार की और पत्र लेखन हेतु आगे बढ़ीं।

"सादर प्रणाम महाराज,

आशा है कि आप सकुशल एवं समृद्ध होंगे। ईश्वर से प्रार्थना है कि आपका राज्य वैभवशाली बना रहे और आपकी कीर्ति चारों दिशाओं में प्रसारित हो।

महाराज, गोंडवाना और दरियागंज के मध्य वर्षों से मित्रता और पारस्परिक सहयोग का अटूट संबंध रहा है। हम सदैव एक-दूसरे के सम्मान, सुरक्षा और समृद्धि के लिए तत्पर रहे हैं। वर्तमान समय में जब बाहरी आक्रमणकारियों की कुदृष्टि हमारे राज्यों पर पड़ी हुई है, यह और भी आवश्यक हो गया है कि हमारे संबंध अधिक सुदृढ़ हों।

इसी परिप्रेक्ष्य में, मैं आपको एक महत्वपूर्ण प्रस्ताव प्रेषित कर रहा हूँ। मेरी पुत्री का विवाह आपके परम विश्वासपात्र एवं योग्य

सेनापति श्री सूर्यभानु सिंह जी से कराने का विचार किया गया है। यह संबंध न केवल दोनों कुलों की प्रतिष्ठा में वृद्धि करेगा, अपितु हमारे राज्यों के मध्य अटूट एकता को भी बल प्रदान करेगा। सूर्यभानु सिंह जी की वीरता, नीति एवं निष्ठा सर्वविदित है, और मुझे विश्वास है कि वे मेरी पुत्री के लिए उत्तम जीवनसाथी सिद्ध होंगे।

महाराज, इस संदर्भ में आपकी स्वीकृति एवं मार्गदर्शन अपेक्षित है। यदि आप इस प्रस्ताव को उचित एवं हितकारी समझें, तो मैं शीघ्र ही विवाह की तिथि एवं अन्य व्यवस्थाओं हेतु आपके आदेश की प्रतीक्षा करूँगा।

आपकी कृपा सदैव बनी रहे।

सादर,

महाराज रामसुधन सिंह

दरियागंज "

इस पूरे घटनाक्रम को देखकर उनकी सखी तारा मुस्कुराई और धीरे से बोली, "तुम पहली ऐसी कन्या हो, जो स्वयं अपने निर्भयता का पत्र लिख रही हो।"

सूर्यभानु सिंह, एक नियमित दौरे पर थे जब एक दूत उनका संदेश लेकर आया। दूत ने उन्हें महाराज रामसुधन सिंह का पत्र सौंपा। सूर्यभानु सिंह ने पत्र को खोलकर पढ़ा, जिसमें दरियागंज राज्य के राजा ने अपनी पुत्री के विवाह के लिए प्रस्ताव भेजा था। पत्र में यह भी उल्लेख था कि महाराज रामसुधन सिंह के अनुसार, इस विवाह से न केवल उनके दोनों राज्यों के रिश्ते मजबूत होंगे, बल्कि उनकी पुत्री के लिए एक उत्तम जीवनसाथी मिल जाएगा।सूर्यभानु सिंह ने पत्र को पढ़ते हुए कहा, "राजकुमारी को मैं पहले से पसंद करता था, और इस प्रस्ताव के बाद मेरा निर्णय और भी स्पष्ट हो गया है। यह मेरे जीवन का महत्वपूर्ण अवसर है।"

वह तुरंत अपने महल लौटे और राजा दलपत शाह को सूचना देने के लिए तैयार हुए। उन्होंने राजा से मिलने के बाद कहा, "महाराज, रामसुधन सिंह का प्रस्ताव मुझे प्राप्त हुआ है, और मैं

इसे स्वीकार करता हूँ। इस प्रस्ताव के माध्यम से दो महान घरानों की एकता और संबंधों की मजबूती होगी।"

राजा दलपत शाह ने मुस्कराते हुए कहा, "मुझे खुशी है कि आप इस प्रस्ताव को स्वीकार कर रहे हैं, सेनापति। अब आपको जल्द से जल्द विवाह की तैयारियाँ शुरू करनी चाहिए।"

फिर, राजा दलपत शाह ने महाराज रामसुधन सिंह को एक उत्तर पत्र भेजा, जिसमें लिखा था:

"सादर प्रणाम,

आपके पत्र को प्राप्त कर मुझे अत्यंत प्रसन्नता हुई। मैं आपके प्रस्ताव को पूरी तरह से स्वीकार करता हूँ और इस संबंध में कोई संकोच नहीं करता।

हमारे दो घरानों का मिलन, विशेष रूप से मेरे प्रिय सेनापति सूर्यभानु सिंह और आपकी पुत्री के विवाह के माध्यम से, हमारी मित्रता को और भी दृढ़ करेगा। इस विवाह को हम एक शुभ और ऐतिहासिक अवसर के रूप में मनाएंगे।

आप अपने अनुसार तारीख का चयन कर सकते है। सूर्यभानु सिंह और उनकी माता श्री शिवप्यारी देवी इस शुक्ल प्रदीपदा को आपकी पवित्र भूमि पर आपकी उपस्थिति का आदर करेंगे।

आपका सहयोग और मार्गदर्शन हमें हमेशा प्रेरित करता है।

सादर,

महाराज दलपत शाह

गढ़ा "

सूर्यभानु सिंह और उनकी माता शिव प्यारी देवी दरियागंज राज्य में पहुंचे। दोनों ने यात्रा के बाद महल के द्वार पर प्रवेश किया। महल का वातावरण अत्यधिक रौनक से भरा हुआ था, विवाह की तैयारियाँ जोरों पर थीं। राजा रामसुधन सिंह उन्हें सम्मानित करने के लिए महल के दरबार में उनका स्वागत करते हैं। सूर्यभानु सिंह और उनकी माँ शिव प्यारी देवी राज दरबार में उपस्थित होते हैं। कुछ समय के बाद, शिव प्यारी देवी ने राजा रामसुधन से मुलाकात की और सीधा मुद्दा उठाया।

शिव प्यारी देवी (विनम्रता से): "महाराज, हम आपकी अतिथि-सेवा और इस सम्मानित अवसर के लिए आभारी हैं। हमारी इच्छा है कि इस विवाह में हमें उचित सम्मान प्राप्त हो। जैसा कि हम जानते हैं, आपके राज्य में अत्यधिक सम्मानित दरबारियों और नागरिकों का रहवास है, और इस विवाह के लिए जो दायित्व बने हैं, हमें कुछ न कुछ सौगात चाहिए।"

राजा रामसुधन सिंह ने ध्यान से उनकी बात सुनी, फिर वे मुस्कराए और बोले, "आपकी बात सही है, माता जी। हम इस विवाह को एक महान और ऐतिहासिक अवसर मानते हैं। आप जो भी मांगेंगी, हम उसे पूरी श्रद्धा से स्वीकार करेंगे।"

फिर, शिव प्यारी देवी ने अपनी मांग रखी, "महाराज, हम आपसे निवेदन करते हैं कि इस विवाह के संबंध में हमें 3 किलो सोना और 5 किलो चांदी दी जाए। हम समझते हैं कि यह दायित्व आपके सामर्थ्य से बाहर नहीं है, और इसे एक सम्मान के रूप में स्वीकारा जाएगा।"

राजा रामसुधन सिंह थोड़ी देर के लिए चुप रहे और फिर रानी से सलाह लेने के लिए महल के भीतर गए। राजा और रानी कुछ

समय तक इस पर विचार करते हैं, क्योंकि इस प्रकार का दायित्व वचनबद्धता से जुड़ा होता है। लेकिन, राजा ने अंततः अपनी रानी से निर्णय लिया कि यह विवाह उनके साम्राज्य की शांति और एकता को सुनिश्चित करेगा।

राजा रामसुधन सिंह (रानी से): "हमारी कुल की प्रतिष्ठा और हमारी सगाई की सफलता के लिए यह मांग उचित प्रतीत होती है। हम इसे स्वीकार करते हैं।"

रानी ने मुस्कराते हुए कहा, "हम इसे एक सम्मान की तरह स्वीकारते हैं, और यह विवाह हमारे साम्राज्य के लिए सौभाग्य लाएगा।"

राजा रामसुधन सिंह ने फिर दरबार में उपस्थित हुए और सभी महानुभावों को सूचित किया कि विवाह की तैयारियाँ पूरी तरह से हो चुकी हैं और वे शिव प्यारी देवी की मांग को स्वीकार करते हैं।

राजा रामसुधन सिंह (दरबार में): "यह विवाह हमारे साम्राज्य के सम्मान का प्रतीक होगा। हम, रामसुधन सिंह, और हमारी अर्धांगिनी गौतमी देवी ने यह निर्णय लिया है कि हम 3 किलो सोना और 5 किलो चांदी इस विवाह के लिए प्रदान करेंगे।"

तत्पश्चात, विवाह की तारीख तय की जाती है, तारीख इसी शुक्ल पक्ष की अष्टमी तिथि की थी। और सभी कार्यों की योजना बनाई जाती है। इस प्रकार, विवाह की तैयारियाँ पूरी हो जाती हैं और यह तय हो जाता है कि रजनी और सूर्यभानु सिंह का विवाह जल्द ही सम्पन्न होगा।

विवाह का दिन आ चुका था, और दरियागंज महल में एक विशिष्ट माहौल था। हर कोने में उत्सव का रंग था, लेकिन राजमाता गोमती देवी और राजा रामसुधन सिंह दोनों ही अपने पुत्री की विदाई की तैयारी करते हुए गहरे विचारों में थे। विवाह की संपूर्ण तैयारी, जैसे रेशमी वस्त्र, आभूषण, और महल को सजाने का काम पूरा हो चुका था। हर कोई अपने-अपने काम में व्यस्त था, लेकिन राजमाता और राजा ने इस महत्वपूर्ण दिन के लिए कुछ पल अलग से निकाले थे। वे अपनी बेटी रजनी को समझाने के लिए उसके पास गए, ताकि उसे किसी प्रकार का भ्रम न हो और वह इस नई यात्रा को सुकून से स्वीकार कर सके।

राजमाता गोमती देवी (भावुक होकर): "बेटी, आज तुम्हारी विदाई का दिन है। यह दिन हमारे कुल की प्रतिष्ठा और मान को बढ़ाने

का दिन है। जिस यात्रा पर तुम जा रही हो, वह न केवल तुम्हारे लिए, बल्कि हमारे परिवार के लिए भी गर्व की बात है। तुम्हारी यथेष्ट उम्र नहीं होने के कारण तुम्हारे मन में कुछ उलझन हो सकती है, लेकिन तुम्हें समझना होगा कि यह सिर्फ एक व्यक्तिगत यात्रा नहीं, बल्कि हमारे कुल का सम्मान और भविष्य भी इसमें समाहित है।"

राजनी थोड़ी घबराई हुई थी, क्योंकि उसकी उम्र अभी छोटी थी, और उसे अपने नए जीवन के लिए पूरी तरह से तैयार नहीं लग रहा था। वह अपने माता-पिता के शब्दों में एक प्रकार का संतुलन बनाने की कोशिश कर रही थी, लेकिन उसकी आँखों में एक प्रकार की उलझन भी थी।

तभी, पंडित कृष्णदास जो विवाह के सारे धार्मिक कृत्य देख रहे थे, उनके पास आकर एक टुकड़ा बोले,

कृष्णदास: "ठाकुर , तुने अपनी बेटी को जिस तरह से शिक्षा दी है, वह बहुत ही सराहनीय है। यह एक महत्वपूर्ण दिन है, और राजनी के लिए यह एक नई शुरुआत है। देखिए, जिसे आप हमेशा अपने घर में रखते थे, वह आज एक शक्ति स्वरूपा चंद्रघंटा माता के रूप

में इस परिवार के साथ कदम बढ़ाएगी। आपकी बेटी की उम्र छोटी है, तो वह कुछ भ्रमित और आत्मसंदेह में है, लेकिन यह परिवर्तन उसके लिए एक आशीर्वाद होगा।"

रजनी ने अपने पिता और पंडित कृष्णदास के शब्दों को सुना और उसकी आँखों में आँसू थे, लेकिन उसने स्वयं को संभाला। वह जानती थी कि यह उसका कर्तव्य था और उसे यह कदम उठाना ही था।

राजा रामसुधन सिंह (भावुक होकर): "बेटी, हम सभी तुम्हारे साथ हैं। यह हमारे परिवार का गौरवमयी पल है, और तुम जहां भी रहो खुशियां ही बिखेरना । तुम सोमवंश की कुलवधू बनने जा रही हो, और यह जिम्मेदारी बहुत बड़ी है। लेकिन तुम जिस प्रकार से अपने हिम्मत और इज्जत के साथ इस विवाह को स्वीकार करोगी, वही हमारे कुल की भविष्यवाणी होगी।"

रजनी ने कुछ पल के लिए अपने माता-पिता के साथ खड़ा होकर उनके शब्दों को गहरे से समझा। वह थोड़ी चिंतित थी, लेकिन फिर भी उसने निर्णय लिया कि वह आगे बढ़ेगी और यह नई यात्रा शुरू करेगी।

रजनी (सहमी हुई, लेकिन दृढ़ता से): "मैं आपके आशीर्वाद से यह यात्रा शुरू करूंगी।"

अब सभी लोग विवाह स्थल की ओर बढ़ने लगे। अचानक, विवाह मंडप में सभी ने शांति से देखा, और शादी के समारोह की शुरुआत हुई। संगीत की धुनें और मंत्रों का जाप वातावरण को और भी भव्य बना रहे थे।विवाह के समय, जब राजनी ने अपने माता-पिता से विदाई ली, तो यह एक भावुक क्षण था। राजनी के आँसू उसके गालों पर बह रहे थे, लेकिन उसने अपने मन को संतुलित करते हुए पिता और माता के आशीर्वाद को लिया। उसके माता-पिता की आँखों में भी आँसू थे, लेकिन वे जानते थे कि यह उसका कर्तव्य है और वह इसका सम्मान करेगी। विवाह के बाद, राजनी की विदाई हो जाती है। यह दृश्य अत्यंत भावुक और दिल को छूने वाला था, क्योंकि एक बेटी अपने परिवार को छोड़कर अपने नए जीवन की शुरुआत करने जा रही थी।

राजमाता गोमती देवी (गहरे शोक के साथ): "ईश्वर हमेशा तुम्हारा ध्यान रखे बिटिया। इस नई यात्रा में वो हमेशा तुम्हारे साथ हैं।"

राजा रामसुधन सिंह (आशीर्वाद देते हुए): "हमारा आशीर्वाद हमेशा तुम्हारे साथ है, बेटी। तुम्हारा कदम शुभ हो।"

विवाह का यह दिन हमेशा के लिए राजपरिवार के इतिहास में अंकित हो गया, क्योंकि एक नई शुरुआत की गई थी।

चलिए आज आपको बताते हैं कि यह कहानी बताने का मुख्य उदश्य क्या था।

यह केवल एक कथा नहीं, बल्कि उस समय की सच्चाई का प्रतिबिंब है। विदेशी आक्रमणकारियों—चाहे वे मुग़ल हों या अंग्रेज़—ने हमारे समाज को इस हद तक प्रभावित किया कि परिवारों को अपनी बेटियों की सुरक्षा के लिए कठोर निर्णय लेने पड़े। कौन पिता चाहेगा कि उसकी आँखों के सामने कोई उसकी बेटी का हरण कर ले जाए? इसी भय ने समाज में बाल विवाह को एक परंपरा बना दिया। बेटियों को छोटी उम्र में ब्याह देना उनकी सुरक्षा का एकमात्र उपाय समझा जाने लगा। दूसरी ओर, दहेज प्रथा भी धीरे-धीरे अपनी जड़ें मजबूत करने लगी। उच्च कुलों और राजपरिवारों में यह मान्यता बन गई कि विवाह के समय दिया गया दहेज ही बेटी को सम्मानजनक जीवन दे सकता है। विशेषकर उन परिस्थितियों में, जहाँ समाज में महिलाओं की स्वतंत्रता सीमित थी, उसी के साथ एक कुलीन पुरुष के साथ विवाह करने के लिए सहस्त्र महिलाओं के रिश्ते आते जो बहु विवाह का कारण भी बना और दहेज प्रथा के अंकुरित बीज को

सीचने का काम भी किया। जिस वजह से बल विवाह व दहेज एक अनिवार्य परंपरा का रूप ले बैठे। समय के साथ यह एक रीति बन गई, जिसे निभाना हर परिवार की मजबूरी बन गया। इस कहानी का उद्देश्य सिर्फ एक ऐतिहासिक घटना को दर्शाना नहीं, बल्कि यह बताना है कि किस तरह परिस्थितियों ने समाज को एक नए ढांचे में ढाल दिया। यह कहानी सिर्फ राजकुमारियों और राजाओं की नहीं, बल्कि हर उस परिवार की है जो अपनी बेटी के भविष्य को सुरक्षित करने के लिए ऐसे फैसले लेने को विवश था। और आप खुद सोचिए क्या आजादी के इतने समय बाद भी हमारी नई पीढ़ी सुरक्षित है।

जिस पर बिताती है वही समझ सकता है। चलिए, आगे बढ़ते हैं।

6: एक नई यात्रा का आरंभ

शादी की रात्रि चंद्रमा की शीतल किरणों से दमक रही थी। मंद-मंद बहती पवन के साथ महल के द्वारों पर दीप जल रहे थे। महल के हर कोने में मंगलगीत की स्वर लहरियाँ गूंज रही थीं। राजनी, जो अब सुर्यभानु सिंह की अर्धांगिनी बन चुकी थी, विवाह के सभी विधानों को निभाकर अपने कक्ष में प्रवेश कर चुकी थी। कमरा सुगंधित पुष्पों से सजा था। चंदन, केसर और गुलाब की महक वातावरण को मोहक बना रही थी। कमरे के बीचों-बीच एक सुंदर शय्या सजी थी, जिसके चारों ओर रेशमी परदे लहर रहे थे। रजनी वहाँ सर्वस्व श्रृंगार किए बैठी थी—माथे पर चमकता हुआ सिंदूर, गले में स्वर्ण हार, और कलाईयों में खनकती चूड़ियाँ उसकी सुंदरता को और दिव्यता प्रदान कर रही थीं। जैसे ही सुर्यभानु सिंह कक्ष में प्रविष्ट हुए, रजनी ने अपनी दृष्टि झुका ली। परन्तु उनके भीतर हलचल थी, यह नया अनुभव था। सुर्यभानु सिंह ने धीरे से समीप आकर कहा, "क्या मैं इस सौंदर्य की देवी को निहारने का अधिकार रखता हूँ?" राजनी का मुख और भी लाल

पड़ गया। रात साक्षी बनी उनके मधुर संवाद की। शब्दों से अधिक, उनकी आँखें बोल रही थीं। सुर्यभानु सिंह ने प्रेम से उसका हाथ थामा, और पहली बार राजनी ने अपनी आँखें उठाकर उन्हें देखा। उनमें एक सम्मोहन था, एक विश्राम था, जैसे वह वर्षों से इसी स्पर्श की प्रतीक्षा कर रही हो। वह रात प्रेम, विश्वास और एक नये जीवन की शुरुआत की रात थी।

विवाह के कुछ समय पश्चात, रजनी की दिनचर्या ग्रह के कर्तव्यों में व्यस्त हो गई, परन्तु एक अभिलाषा उसके मन में उठ रही थी–माँ बनने की अभिलाषा। एक दिन, पूर्णिमा की रात्रि में, वह एकांत में मंदिर पहुँची। वहाँ दीपों की रौशनी में माँ भगवती का दिव्य स्वरूप दमक रहा था। राजनी ने अपने हाथ जोड़कर आँखें मूँद लीं और धीरे-धीरे कहा– "हे माँ भगवती! आप ही इस सृष्टि की जननी हो, आप ही शक्ति हो। मेरी गोद को भी यह सौभाग्य प्रदान करें कि मैं मातृत्व का अनुभव कर सकूँ। आप स्वयं एक मां है मेरी पीड़ा को समझ सकती है।" मंदिर में गूंजती शंखध्वनि के साथ रजनी की प्रार्थना पूर्ण हुई। उसे ऐसा प्रतीत हुआ जैसे माँ भवानी ने उसकी पुकार सुन ली हो।

समय बीतता गया, और भक्तवत्सला भगवती ने रजनी की प्रार्थना स्वीकार कर ली। एक शुभ संध्या पर, महल में शहनाइयाँ बज उठीं। रजनी ने एक पुत्र को जन्म दिया था! पूरी नगरी में उत्सव का माहौल था। हो भी क्यों न राज्य की सबसे प्रतिष्ठित अधिकारी और सेना के प्रमुख के सजीव प्रतिरूप का अवतरण हुआ था प्रजा ने दीप जलाए, मंदिरों में भजन गूंजे, और पूरा महल आनंद से भर उठा। रजनी ने जब पहली बार अपने शिशु को गोद में उठाया, तो उसका रूप भव्य था मानो स्वयं जगदंबा कूष्मांडा सामने विराजित है और हो भी क्यों न गर्व धारण कर जीवन को जनम देने वाली वो स्त्री ही तो कूष्मांडा है। यह पुत्र उसकी जीवन की कमाई थी एकमात्र अनमोल वस्तु जो उसने इस जीवन में पाई थी।

पितामही शिवपायरी देवी ने अपने पोते को गोद में लेते हुए रजनी को आशीर्वाद दिया– "माँ का आशीर्वाद तुम्हारे पुत्र पर सदा बना रहे। यह बालक वंश का दीपक बने और अपने पूर्वजों की कीर्ति को आगे बढ़ाए।"

राजनी के मन में एक मिश्रित भाव था। वह हर्षित थी, परंतु उसे यह भी ज्ञात था कि अब उसके जीवन का उद्देश्य बदल गया है। अब वह केवल एक ग्रहणी नहीं, एक माँ भी थी।

महल में चारों ओर उत्सव का माहौल था। हाथी, घोड़े, रथ, और नृत्यांगनाएँ महल को अलंकृत कर रहे थे। सूर्यभानु सिंह ने जनता के बीच ऐलान किया– "मैं सदैव आज तक आप लोगों की सेवा में तत्पर रहा और मां भवानी को साक्षी मानकर यह वचन देता हूं कि ठीक उसी प्रकार मेरा पुत्र भी इस राज्य की गरिमाक पालन करेग।" देशवासियों में खुशी की लहर दौड़ पड़ी। वेदपाठी पंडितों ने विशेष यज्ञ का आयोजन किया, और मंत्रोच्चारण से सारा वातावरण पवित्र हो उठा। रजनी को बार-बार एक ही अनुभूति हो रही थी–"माँ ने मेरी प्रार्थना स्वीकार ली।"

कुछ दिन बाद महल में अनुष्ठान का आयोजन हुआ। पूरे महल को पुष्पों और दीपों से सजाया गया था। साथ ही पुरोहित और कुटुंबजन उपस्थित थे। बड़े-बुजुर्गों के आशीर्वाद से बालक के नामकरण संस्कार का शुभ मुहूर्त निर्धारित किया गया था। सुवर्ण आसन पर बालक को लिटाया गया। पुरोहित वेद मंत्रों का

उच्चारण कर रहे थे। रजनी और सूर्यभानु सिंह श्रद्धा पूर्वक बैठकर अनुष्ठान देख रहे थे।

पुरोहित: "यजमान, यह बालक शूरवीर, धर्मपरायण और पराक्रमी होगा। इसके तेजस्वी व्यक्तित्व के अनुरूप इसका नामकरण किया जाना चाहिए।"

महल में मौन छा गया। सूर्यभानु सिंह ने रजनी की ओर देखा।

सूर्यभानु सिंह: "प्रिये, इस बालक का नाम आप ही निर्धारित करें। माता का हृदय ही संतान का भविष्य देख सकता है।"

रजनी ने स्नेहपूर्वक अपने पुत्र की ओर देखा। उसकी आँखों में मातृत्व का अपार प्रेम झलक रहा था।

रजनी: "यह बालक केवल हमारा पुत्र नहीं, यह इस धरती के भविष्य का रक्षक होगा। यह हमारा 'वीरव्रत' होगा—जो वीरता और धर्म के मार्ग पर अडिग रहेगा।"

सभी ने सहमति में सिर हिलाया।

पुरोहित (मंत्रोच्चारण करते हुए): "यथा नाम, तथा गुण। आज से इस बालक का नाम 'वीरव्रत' होगा।"

सभी ने बालक को आशीर्वाद दिया। महल में मंगल ध्वनियाँ गूंज उठीं। ढोल-नगाड़े बजने लगे और वातावरण उल्लास से भर गया।

7: मातृत्व का गौरव

सूर्योदय की लालिमा धीरे-धीरे आकाश पर छा रही थी। महल के आँगन में एक नन्हा बालक खेल रहा था—उसकी मासूम हँसी पूरे परिसर को गुंजायमान कर रही थी। वह कभी अपनी छोटी-छोटी हथेलियों से धूल उठाकर हवा में उछालता, तो कभी आँगन में रखी काठ की घोड़ी पर बैठने का प्रयास करता। सूर्यभानु सिंह, जो अभी-अभी अपनी कलाई पर तलवार की म्यान ठीक कर रहे थे, मुस्कुराते हुए अपने पुत्र की ओर बढ़े। उन्होंने आगे बढ़कर उसे अपनी मजबूत बाहों में उठा लिया। बच्चा खिलखिलाकर हँस पड़ा और अपने छोटे-छोटे हाथों से पिता की मूंछों को पकड़ने लगा। उसी समय महल के कक्ष से रजनी धीमे कदमों से बाहर आई। उसने हल्की नीली रेशमी साड़ी पहन रखी थी, माथे पर चमकता हुआ लाल टीका उसकी सौम्यता को और बढ़ा रहा था। जैसे ही उसकी दृष्टि अपने पुत्र और पति पर पड़ी, उसके होंठों पर कोमल मुस्कान आ गई।

सूर्यभानु सिंह (रजनी की ओर देखते हुए): "प्रिये, देखिए आपका शेर आँगन में खेल रहा था। इसे अपनी गोद में ले लीजिए।"

उन्होंने प्रेमपूर्वक बालक को रजनी की गोद में सौंप दिया। रजनी ने उसे सहजता से अपनी बाहों में समेट लिया और उसका माथा चूम लिया।

रजनी (मुस्कुराते हुए): "यही तो है मेरा प्राण आधार ।"

सूर्यभानु सिंह (गंभीर स्वर में): "निस्संदेह, यह हम दोनों की जीवन रेखा है। एक माता अपने पुत्र को ज्ञान, धैर्य और शक्ति प्रदान कर सकती है। और एक पिता उसे संसार का मार्ग दिखाता है।"

उन्होंने बालक के सिर पर हाथ फेरा और फिर रजनी की ओर देखते हुए कहा– "अब मुझे कर्तव्य हेतु राजमहल की ओर प्रस्थान करना होगा महाराज ने बोलिया है। आप इस नन्हे को सँभालिए, मैं संध्या तक लौटूँगा।"

रजनी ने सहमति में सिर हिलाया और बालक को अपने आँचल में समेट लिया। सूर्यभानु सिंह ने एक बार फिर अपने पुत्र को देखा और फिर महल की ओर प्रस्थान कर गए। रजनी अपने शिशु को लेकर कक्ष में आई और उसे दुग्ध पान कराने लगी। बालक को अपनी माँ

की गोद में शांति का अनुभव हो रहा था। रजनी के चेहरे पर संतोष की आभा थी। अंततः वो मां जो दुग्ध पान कराकर बालक में प्राण की प्रतिष्ठा करती वो स्त्री ही तो स्कंद माता है। तभी बाहर से पायल की मध्यम ध्वनि सुनाई दी। यह उनकी सास शिव प्यारी देवी थीं, जो धीमे कदमों से अंदर आईं। उन्होंने रजनी को स्नेह से निहारते हुए कहा–"पुत्री, तुम्हारा बालक तो सचमुच बहुत सौभाग्यशाली है, जिसे ऐसी विदुषी और गुणवान माता का स्नेह मिला।"

रजनी ने हल्की मुस्कान के साथ सिर झुकाया और बोली–"यह तो सब मा भगवती का आशीर्वाद है, मैं तो मात्र उनका निमित्त हूं।"

शिव प्यारी देवी पास बैठ गईं और स्नेह से रजनी के सिर पर हाथ फेरते हुए बोलीं–"पुत्री, आज पूर्णिमा की रात है। चंद्रदेव को नैवेद्य अर्पित करने का उत्तम अवसर। तुम रसोई में जाकर खीर बनाओ, जिससे तुम्हारे पुत्र को चंद्रदेव का आशीर्वाद प्राप्त हो।"

रजनी ने पुत्र को धीरे से झूले में लिटाया और उसका माथा चूमा। फिर वह अपनी सास के चरण स्पर्श कर बोली– "जो आज्ञा। मैं अभी जाकर तैयारी करती हूं।"

शिव प्यारी देवी ने संतोष की दृष्टि से रजनी को देखा और बालक के सिर पर हाथ फेरने लगीं। इधर रजनी ने ओढ़नी को ठीक किया और रसोई की ओर बढ़ चली। इसमें लेश मात्र का संदेह नहीं है कि जो स्त्री घर गृहस्ती के साथ अन्य कार्यों में उत्तम गुणवत्ता के साथ संतुलन बनाकर रखती है वही कात्यायनी है।

रात्रि का समय था। आकाश में पूर्णिमा का चंद्रमा अपनी सम्पूर्ण छटा में दमक रहा था। उसकी शीतल चांदनी महल की छत को ऐसे नहला रही थी मानो दुग्ध से स्वर्ण अलंकारों का अभिषेक। रजनी पीतांबर ओढ़े, थाली में खीर और पुष्प सजाकर छत पर आई। उसकी आँखों में अपार श्रद्धा और मन में व्रत की पूर्णता का सन्तोष था। शिव प्यारी देवी भी पीछे-पीछे आईं, उनके हाथों में चंदन और दीप था।

रजनी (मन ही मन):"हे चंद्रदेव, आज मैंने अपने पती की दीर्घायु, संतान की सुख-समृद्धि और कुल की उन्नति हेतु यह व्रत रखा। कृपया मेरी प्रार्थना स्वीकार करें।"

वह थाल को चंद्रमा की ओर उठाकर माथे से लगाकर , मंत्र उच्चारण करते हुए भोग अर्पित करती है। शांत संगीत के बीच हवा में कपूर और चंदन की महक घुलने लगती है।

शिव प्यारी देवी (मुस्कुराकर):"बेटी, तु सचमुच हमारे कुल की कुलधर्मिणी हो। तुम्हारी श्रद्धा देखकर मन प्रसन्न हो गया। चंद्रमा के समान ही शीतल और शुभ तुम कुलदीपिका हो ।"

रजनी सिर झुकाकर बोली–"आशीष दीजिए मां , ताकि मैं इसी प्रकार अपने कर्तव्यों का पालन कर सकू।"

फिर वह खीर की थाली लेकर सबको प्रसाद बाँटती है–शिव प्यारी द और फिर अंत में स्वयं प्रसाद ग्रहण करती है।

शिव प्यारी देवी (हँसते हुए):"तू सदा धर्मपथ पर अग्रसर रहे, यही मेरी कामना है। अब आराम से कुछ खा लो, देखो कैसे पीली पड़ गई हो उपवास के कारण।"

वह स्त्री जो अपने शरीर की पीड़ा, सुख-सुविधा और जीवन की आरामदायक इच्छाओं को तजकर कठोर तप में लीन रहती है– सिर्फ इसलिए कि उसका पति, उसका कुल, और उसका पुत्र

गौरवशाली बनें—वह कोई साधारण स्त्री नहीं, वह स्वयं कालरात्रि स्वरूपा है। उसकी तपस्या में अग्नि की ज्वाला है और उसकी ममता में महासागर की गहराई। वह अपने भीतर शिव की भक्ति, शक्ति की तीव्रता और धर्म की दृढ़ता समेटे हुए एक जीवित देवी है।

रजनी (मृदु हँसी के साथ): "जी माताजी, आज दिनभर जल तक ग्रहण नहीं किया था अब मन को शांति मिली।"

तभी शिव प्यारी देवी आगे बढ़ती हैं और पालना-पाटी पर बैठे बालक को गोद में उठा लेती हैं। "मैं नीचे ले जाती हूँ इसे, पछिया बह रही है स्वास्थ्य के लिए उत्तम नहीं है।"

रजनी ने भावुक होकर बेटे को देखा, फिर शिव प्यारी देवी को प्रणाम किया। वे मुस्काती हुई नीचे चली गईं। छत पर अब सिर्फ चंद्रमा था उसकी रोशनी में रजनी और सूर्य भानु सिंह खड़े थे। दोनों की आँखों में संतोष था, चंद्रमा की उजास उनके चेहरों पर चमक रही थी। चारों ओर शांति थी—केवल चूड़ियों की रुनझुन और धीमे पाँवों की आहट। सूर्य भानु सिंह धीरे से रजनी के समीप आए। उनकी आँखों में गर्व और प्रेम झलक रहा था।

सूर्य भानु सिंह (धीरे और कोमल स्वर में): "आज तुम्हें देखकर लगा जैसे चंद्रमा स्वयं धरती पर उतर आया हो। तुम्हारा यह स्वरूप मेरी दृष्टि को बांध कर रख देता है।"

राजनी (थोड़ी लजाती हुई): "और आज आपने भी कुछ कम मोहक नहीं लग रहे है। "

सूर्य भानु सिंह ने उसकी हथेली को अपने हाथ में लेते हुए कहा– "रजनी, तुम्हारा यह प्रेम और समर्पण ही मेरा सबसे बड़ा सौभाग्य है। तुम्हारी हर प्रार्थना अब मेरी शक्ति बनती है।"

रजनी ने अपनी दृष्टि झुका ली–उसकी पायल की मधुर झंकार और उसके आँचल से टपकती शीतल चांदनी, उस क्षण को पवित्र बना रही थी।

सूर्य भानु सिंह: "आओ, इस चाँदनी रात में कुछ क्षण साथ बिताएँ। न कोई युद्ध, न कोई चिंता–बस तुम, मैं, और यह साक्षात चंद्रमा।"

दोनों साथ बैठते हैं। रजनी सूर्य भानु सिंह के कंधे से सटकर बैठती है, जैसे वर्षों का अपनापन उन क्षणों में सिमट आया हो। उसके केशों से चंदन और फूलों की गंध आ रही थी, और वह एक शांत मुस्कान

के साथ अपने पिया के पास सुकून पा रही थी। चंद्रमा अब उनकी जोड़ी पर अपनी सबसे मधुर रश्मियाँ बरसा रहा था।

8: वीरव्रत

प्रातःकालीन सन्ध्या की कोमल छाया आम के बाग़ीचे को ढक रही थी। ठंडी-ठंडी बयार चल रही थी और पत्तों की सरसराहट के बीच पक्षियों की चहचहाहट गूँज रही थी। इसी मधुर वातावरण में बारह वर्षीय वीरव्रत अपनी माँ रजनी के साथ आम के बाग़ीचे में बैठा था। बाग़ीचा उनके घर के पीछे था, जहाँ वीरव्रत अक्सर खेलने आया करता था। रजनी एक पत्थर के चबूतरे पर बैठी थी और वीरव्रत उनकी गोद में सिर रखकर लेटा हुआ था। उसके चेहरे पर तृप्ति और स्नेह का अद्‌भुत मिलन था।

राजनी (मुस्कुराकर) – "आज तुम्हें कौन-सी कहानी सुनानी है, मेरे लाल?"

वीरव्रत (उत्साहित होकर) – "माँ! आज आप मुझे वो वाली कहानी सुनाओ जिसमें देवी दुर्गा ने राक्षस महिषासुर का वध किया था!"

रजनी ने उसके बालों को सहलाते हुए कोमल स्वर में कथा आरम्भ की– "बहुत समय पहले, महिषासुर नाम का एक असुर था जिसने कठोर तपस्या करके ब्रह्मा जी से वरदान प्राप्त किया था कि कोई देवता उसका वध न कर सके। इस शक्ति से वह अहंकारी हो गया और उसने स्वर्ग पर आक्रमण कर दिया। इन्द्रादि सभी देवता हारकर विष्णु और शिव के पास पहुँचे। तब सभी देवताओं समेत शिव और विष्णु ने भगवान श्री शक्ति का स्मरण किया जिससे एक दिव्य देवी प्रकट हुई – माँ दुर्गा। उनके दसों हाथों में विविध अस्त्र-शस्त्र थे, सिंह उनकी सवारी था और उनके तेज से पूरा ब्रह्मांड काँप उठा। माँ दुर्गा ने महिषासुर से कई दिनों तक युद्ध किया। वह कभी महिष बनता, कभी सिंह, कभी हाथी, लेकिन माँ दुर्गा अडिग रहीं। अंत में जब वह भैंसे का रूप लेकर माँ पर दौड़ा, तो माँ ने त्रिशूल चलाया और उसका अंत कर दिया। तभी से माँ दुर्गा को 'महिषासुरमर्दिनी' कहा जाता है।"

वीरव्रत की आँखें चमकने लगीं। उसकी कल्पना में माँ दुर्गा सिंह पर सवार होकर राक्षसों से युद्ध कर रही थीं।

वीरव्रत (आँखों में उत्साह) – "माँ! क्या मैं भी कभी ऐसा योद्धा बनूँगा जो अन्याय का नाश करेगा?"

रजनी ने उसके गाल सहलाए और मुस्कुरा कर कहा– "तू तो मेरी आत्मा का वीर स्वरूप है। तुझमें शक्ति है, धैर्य है, और सबसे बड़ी बात – धर्म के प्रति निष्ठा। एक दिन तू भी अपनी माँ दुर्गा की तरह अन्याय का नाश करेगा।"

इतने में कदमों की आहट सुनाई दी। यह सूर्य भानु सिंह थे, जो दूर से आते दिखे। उनके हाथ में एक छोटी तलवार थी।

सूर्य भानु सिंह (हल्की मुस्कान के साथ) – "वीरव्रत! अब समय है शस्त्र-साधना का। क्या मेरी सेना का यह छोटा योद्धा तैयार है?"

वीरव्रत उछलकर खड़ा हुआ, उसकी आँखों में एक नई चमक थी। माँ की कहानी ने उसके भीतर वीरता की भावना और भी प्रखर कर दी थी।

वीरव्रत (जोश में) – "हाँ, पिताश्री! मैं तैयार हूँ।"

रजनी ने उसका माथा चूमा और हल्के से आशीर्वाद दिया।– "जाओ मेरे लाल तुम अपनी साधना पूर्ण करो।"

वीरव्रत ने पिता का हाथ पकड़ा और दोनों बाग़ीचे से बाहर निकलते गए, सुबह की धूप उनके पीछे सुनहरी छाया बनाती चली। वीरव्रत अभी बहुत छोटा था पर मां और पिता दोनों के गुण उसमें समान रूप से छलक रहे थे।अभी से ही तीन भाषाओं का ज्ञान अर्जित कर चुका था। घुड़सवारी तो उसकी दिनचर्या का हिस्सा थी। तलवार और भाला दोनो में हाथ साफ थे। पराक्रम तो पोर पोर टपकता था।

सन्ध्या ढल रही थी। गाँव के उत्तर दिशा में स्थित एक पुराना कुआँ था, जिसके पास एक विशाल पीपल वृक्ष खड़ा था। उस वृक्ष की जड़ों के पास पत्थर की चौकी बनी थी, जहाँ दो बालक बैठे थे – वीरव्रत और समर सिंह। वीरव्रत अपनी साधना समाप्त करके रोज यही आया करता था जहां वे विश्राम पाते।

समर सिंह (जोश में) – "तूने सुना वीरव्रत? पिछले महीने बनारस के एक गाँव से एक लड़की को मुग़लों के सिपाही उठा ले गए माँ कह रही थीं, वह केवल 10 वर्ष की थी।"

वीरव्रत (दाँत भींचते हुए) – "हाँ, सुना है। यह तो हर महीने की बात हो गई है। वे राक्षस हैं राक्षस! और हम चुपचाप देखते रहते हैं।"

समर सिंह (हँसता नहीं, पर मुस्कुराता है) – "पर तू तो कुछ करेगा ना? तुझे देखकर लगता है, तू एक दिन उनका अन्त कर देगा।"

वीरव्रत (धीरे, पर दृढ़ स्वर में) –"एक दिन नहीं, समर वो दिन अब दूर नहीं जब हर वीर युवक तलवार उठाएगा। जो स्त्रियों को भोग की वस्तु समझते हैं, उन्हें चौराहे पर कीलों में गाड़ देंगे।"

समर सिंह (गम्भीर होकर) – "माँ कहती हैं, जो स्त्री को देवी समझे वही सच्चा पुरुष होता है। बाकी सब तो अधम हैं, पशु हैं।"

वीरव्रत (आँखें ऊँचे नीले आकाश की ओर उठाकर) – "मेरी माँ ने मुझे सिखाया है – यत्र नार्यस्तु पूज्यन्ते रमन्ते तत्र देवताः। यत्रैतास्तु न पूज्यन्ते सर्वास्तत्राफलाः क्रियाः॥

जहाँ नारी की पूजा होती है, वहीं देवता रमते हैं। और जहाँ उनका सम्मान नहीं होता, वहाँ कोई भी पुण्य कार्य सफल नहीं होता।। मैं अपने प्राण दे दूँगा, पर किसी अबला पर अत्याचार नहीं सहूँगा।"

समर सिंह (हाथ जोड़कर) – "और मैं भी तेरा साथ दूँगा।"

दोनों मित्र एक-दूसरे का हाथ थामते हैं। एक छोटी सी कसम उस कुएँ के किनारे, उस पीपल की छाँव में जन्म लेती है – "स्त्रियों के सम्मान की रक्षा और अत्याचारियों का विनाश।" ये आज पहला दिन नहीं था वे अक्सर ऐसी चर्चा किया करते थे। दूर पश्चिम दिशा में सूरज धीरे-धीरे पेड़ों की शाखाओं के पीछे छुपता जा रहा था।

9: तेजस्वी उत्तराधिकारी

गोंडवाना के राजमहल के प्रांगण में आज उल्लास और शुभचिंतन की लहर दौड़ रही थी। हर ओर तोरण, आम्र-पल्लव और पुष्पों से सजावट की गई थी। मृदंग और शहनाई की मधुर ध्वनि गूंज रही थी। सूर्य की कोमल किरणें जैसे स्वयं इस पावन अवसर की साक्षी बनने उतरी हों। रानी दुर्गावती आज अत्यंत प्रसन्न थीं—राजा दलपत शाह के पुत्र बीर नारायण का जन्म हुआ था। सम्पूर्ण महल में उत्सव का वातावरण था। इसी शुभ अवसर पर राजमहल में रजनी प्रवेश करती है, उसके हाथों में चांदी की थाली है जिसमें गंगाजल, अक्षत, रोली और मिठाई रखी है। वह धीमे कदमों से रानी की ओर बढ़ती है और थाली सामने रखकर श्रद्धा से कहती है—"हे राजमाता! माँ की कृपा से यह दिन आपके जीवन में नवस्नेह और नवशक्ति लेकर आया है। यह पुत्र कुल की गरिमा को और ऊँचाइयों तक ले जाएगा। मेरी ओर से आपको हार्दिक बधाई।"

रानी दुर्गावती (आंखों में चमक और स्नेह): “रजनी, तू मेरी केवल सखी नहीं, आत्मा की संगिनी है। तूने मेरे कठिन समय में भी साथ दिया, और आज इस सबसे अनमोल दिन पर भी तू सबसे पहले आई है।”

रजनी रानी के चरण स्पर्श करती है, और फिर दोनों की आंखें भर आती हैं।

रानी दुर्गावती (राजनी के सिर पर हाथ फेरते हुए): “तू भी एक माँ है रजनी और मैं जानती हूँ, तू सदैव इस राज्य की भलाई चाहती है।”

रजनी (धीर स्वर में): “रानी, ये पुत्र सिर्फ हमारा ही नहीं, बल्कि इस राज्य का रक्षक बनेंगे। माँ भवानी ने तुम्हे मातृत्व के साथ-साथ यह दायित्व भी दिया है कि तुम इन्हें धर्म, शौर्य और मर्यादा का पाठ पढ़ाओ।”

रानी दुर्गावती भावुक होकर राजनी को गले लगा लेती हैं।शहनाई की स्वर लहरियों के बीच रानी और राजनी साथ बैठती हैं। पीछे सेविकाएं पालने को झुला रही हैं और बालक मुस्कुरा रहा है। सूर्य

की किरणें उस मासूम मुख पर पड़ रही हैं जैसे ईश्वर ने स्वयं आशीर्वाद दिया हो।

महल के दीवान-ए-ख़ास में राजा दलपत शाह सिंहासन पर आसीन हैं। उनके समीप खड़े हैं सेनाध्यक्ष सूर्यभानु सिंह, जिनकी मुखमुद्रा में शौर्य और विनम्रता का अद्भुत संगम है। राजा दलपत शाह गम्भीर स्वर में कहते हैं– " सूर्यभानु सिंह! आज मेरे कुल में उत्तराधिकारी का जन्म हुआ है। यह केवल एक पुत्र का नहीं, एक भावी राजा और राज्य के रक्षक का आगमन है।"

सूर्यभानु सिंह (हाथ जोड़कर): "यह समाचार सम्पूर्ण राज्य के लिए सौभाग्य का प्रतीक है, महाराज।"

राजा (कठोर परन्तु भावुक स्वर में): "मैं चाहता हूँ कि तुम आज से ही यह संकल्प लो, कि जब यह बालक योग्य होगा, तुम स्वयं उसकी शस्त्र-विद्या, धर्म-नीति और राज्य-शास्त्र की शिक्षा का भार उठाओगे। जैसे तुमने अपने पुत्र वीरव्रत को योग्य बनाया है, वैसे ही उसे भी बनाओगे।"

सूर्यभानु सिंह (माथा झुकाकर): "महाराज! यह मेरे लिए आदेश नहीं, सौभाग्य होगा। मैं प्रतिज्ञा करता हूँ कि जब यह बालक

योग्य होगा, मैं उसे ऐसा वीर बनाऊँगा जो राज्य की मर्यादा और मातृभूमि की रक्षा के लिए प्राण भी न्यौछावर कर सके।"

राजा दलपत शाह उठकर आगे आते हैं, और सूर्यभानु सिंह के कंधे पर हाथ रखकर कहते हैं– "तुम पर मुझे गर्व है, सूर्यभानु। तुम्हारी भुजाएँ मेरी सेना की शक्ति हैं और तुम्हारे संस्कार मेरे राज्य की शोभा।"

10: रानी दुर्गावती

ये सुख ज्यादा समय तक नहीं रहा। अंततः सुख और दुख जीवन के दो पहलू है। ये नहीं तो जीवन कैसा चाहे वह राम का हो या श्याम का।

सूरज अस्त हो चुका था। गगन में रक्तिम आभा थी और राजमहल के वातायन से शीतल समीर बह रही थी। किन्तु इस शीतल समीर में अब चिंता की सरसराहट थी।राजमहल के भीतरी कक्ष में महाराज दलपत शाह शैय्या पर अचेत से पड़े थे। वैद्यों की टोली भिन्न-भिन्न औषधियाँ देकर थक चुकी थी। उनकी देह से जीवन धीरे-धीरे खिसक रहा था।

रानी दुर्गावती महाराज के सिराहने बैठी थीं। नेत्र अश्रुपूरित थे। हाथों से उनके चरण सहला रही थीं।

रानी (काँपती आवाज़ में): "प्रभु ऐसे कैसे चले जाओगे? हमारा वीरपुत्र अभी शिशु है और ये प्रजाजन ये सब आपका सहारा देख कर ही तो जीते हैं।"

राजनी भी वहीं थी—एक प्रिय सखी और सहारा बनकर।

राजनी (धीरे से): "रानी स्वामी के श्रीचरणों में श्रद्धा है, परंतु आपको अब स्वयं को संभालना होगा प्रजा की आशाएँ अब आपकी ओर उठ रही हैं।"

वैद्य बाहर आ जाते हैं, उनका मुख नीचे झुका हुआ है। सब कुछ कहे बिना ही सब समझ जाते हैं। रानी का हृदय मानो थम सा जाता है। उन्होंने महाराज का सिर अपने अंक में भर लिया।

रानी (विलाप करती हुई): "हे अम्बे अब इस अंधकार में मुझे अपनी ज्योति दे दो।"

राजा की चिता सजाई जा चुकी थी। सभा में सन्नाटा था। तभी सेनाध्यक्ष सूर्य भानु सिंह आगे आते हैं। रानी उन्हें देखती हैं और दृढ़ स्वर में कहती हैं: "सेनाध्यक्ष सूर्यभानु सिंह, महाराज अब हमारे मध्य नहीं हैं। राज्य की रक्षा, सीमा की चौकसी और राजकुमार के भविष्य की जिम्मेदारी अब मेरे कंधों पर है तुम्हे मेरा सहयोग करना होगा।"

सूर्य भानु सिंह (हाथ जोड़ते हुए):

"रानी माँ, यह शरीर अब से केवल आपके और इस राज्य के लिए है। मेरे श्वास तब तक चलेंगे जब तक यह धरती शत्रुमुक्त न हो जाए।"

रानी उनका संकल्प सुनकर धीरे से मुस्काती हैं। उनके आँसू अब ठहर चुके थे। वे अब एक माँ नहीं, एक रानी बन चुकी थीं। राजगद्दी के समक्ष महाराज दलपत शाह की तलवार, मस्तक पर मुकुट और पवित्र अग्नि जल रही है।सभा में धीरे-धीरे सबकी दृष्टि एक ही दिशा में केंद्रित होती है। रानी दुर्गावती, श्वेत वस्त्रों में, ओज और करूणा का संगम प्रतीत होती हैं। उनके पीछे राजकुमार बाल स्वरूप में खड़ा है, और पास ही रजनी और सूर्य भानु सिंह।

मुख्य पुरोहित: "आज से यह राज्य माहादेवी की कृपा से महारानी दुर्गावती के हाथों सुरक्षित रहेगा।"

रानी दुर्गावती (गंभीर स्वर में): "यह सिंहासन अब मेरे लिए केवल अधिकार नहीं, कर्तव्य का प्रतीक है। जब तक यह देह जीवित है, मैं अपनी प्रजा, अपनी धरती और अपने पुत्र के भविष्य की रक्षा करूँगी।"

सभा 'जय रानी दुर्गावती' के घोष से गूँज उठती है।

रानी दुर्गावती, महाराज की तलवार अपने हाथों में उठाकर उसे अपने माथे से लगाती हैं। "यह तलवार अब मेरी शक्ति है और यह सिंहासन मेरी तपस्या।"

रजनी बालक राजकुमार को गोद में उठाकर कहती है—"राज्य की रक्षक अब एक माँ है और यह भूमि अब और सुरक्षित है।"

11: धर्म की यात्रा

प्रभात का समय था। सूर्य की स्वर्ण किरणें महल की दीवारों पर चमक रही थीं। महल के उत्तर दिशा में स्थित प्रसाद के प्रांगण में राजनी और सूर्य भानु सिंह टहलते हुए धीमे स्वर में वार्तालाप कर रहे थे।

रजनी (ममता भरे स्वर में): "स्वामी, अब समय आ गया है। वीरव्रत अब सोलह वर्ष का हो गया है। उसके भीतर आप जैसी वीरता है और मेरी तरह विचारशीलता भी। हमारे पूर्वजों ने सदैव इस राज्य की सेवा की है। क्या अब हमारे पुत्र को भी वह उत्तरदायित्व नहीं सौंपा जाना चाहिए?"

सूर्य भानु सिंह (थोड़ा हिचकते हुए): "रजनी, मैं जानता हूँ कि वीरव्रत में अद्भुत गुण हैं, पर वह अभी बालक है। क्या इतना शीघ्र उसे युद्ध और राजनीति की कठिन राह पर भेजना उचित होगा?"

रजनी (आश्वासन देती हुई): "उसे एकदम युद्धभूमि में नहीं भेजना है, स्वामी। उसे तो अभी सेवा की दीक्षा देनी है—सिखाना है कि धर्म क्या है, देश क्या है। यही तो हमारी परंपरा रही है। और यदि हम ही उसे नहीं सिखाएँगे, तो कौन सिखाएगा?"

सूर्य भानु सिंह कुछ क्षणों के लिए शांत हो गए। फिर उनके नेत्रों में गर्व की आभा उभर आई।

सूर्य भानु सिंह: "ठीक है, तुम्हारी बातों में तर्क है। हम वीरव्रत को राज्य सेवा की दीक्षा देंगे।"

अगले ही क्षण सूर्य भानु सिंह ने वीरव्रत को बुलाया।

सूर्य भानु सिंह (गंभीर स्वर में): "वीरव्रत पुत्र, आज से तुम्हें राज्य सेवा में प्रथम कदम रखने की आज्ञा दी जाती है। क्या तुम तैयार हो?"

वीरव्रत की आँखें चमक उठीं। उसने हर्ष और उत्साह से उत्तर दिया— "पिताश्री, यह मेरे लिए गर्व की बात है। क्या मैं अपने मित्र समर सिंह को भी साथ ले जा सकता हूँ? वह भी मेरी तरह देशभक्त है।"

राजनी और सूर्य भानु सिंह ने एक-दूसरे की ओर देखा और मुस्कराए।

रजनी: "यदि समर सिंह भी सेवा का भाव रखता है, तो अवश्य। साथ में रहकर तुम दोनों एक-दूसरे को प्रेरित करोगे।"

वीरव्रत दौड़ता हुआ गया और समर सिंह को यह शुभ समाचार सुनाया। समर सिंह भी हर्षित होकर सेना अध्यक्ष के महल आया।

समर सिंह: "मैं धन्य हो गया वीरव्रत! हम दोनों एक साथ राजसेवा करेंगे—यह सपना तो मैंने कई बार देखा था!"

अगली भोर, विदा की घड़ी आई। उनके आवास से राजमहल दो कोस की दूरी पर था ।वीरव्रत ने सबसे पहले पितामही के पास जाकर आशीर्वाद लिया।

शिव प्यारी देवी (स्नेह भरे स्वर में): "वीरव्रत, तू अब छोटा नहीं रहा। अपने कुल की मर्यादा का ध्यान रखना। हमेशा सत्य और धर्म के पथ पर चलना। मां भवानी तुझे आबाद रखे।"

आशीर्वाद के रूप में अमृत बरसता है, और क्यों न हो – वृद्धावस्था में भी पुण्य-प्रताप के प्रभाव से अपने आशीषों द्वारा

सबका जीवन सफल बना देने वाली वह वंदनीय स्त्री स्वयं महागौरी ही तो हैं।

फिर वीरव्रत अपनी माता-पिता के चरणों में झुका।

राजनी (भावुक होकर): "जैसे माँ दुर्गा ने स्कंद को भेजा था, वैसे ही मैं तुझे भेज रही हूँ। जा पुत्र, विजय तेरे साथ हो।"

सूर्य भानु सिंह: "ध्यान रखना, वीरव्रत। युद्ध कौशल से पहले मन का संयम ज़रूरी है। अनुशासन ही तुम्हारा पहला शस्त्र होगा।"

वीरव्रत और समर सिंह ने प्रणाम कर, अपनी यात्रा की शुरुआत की।

दोपहर की तपन अब धीमी हो चली थी। वीरव्रत और समर सिंह, सूर्या भानु सिंह द्वारा निर्देशित रथ में, पहली बार राजमहल की ओर बढ़ रहे थे। दोनों के हृदयों में उत्साह और थोड़ी घबराहट थी—एक नया जीवन, एक नई यात्रा, और एक नव दायित्व उनका स्वागत कर रहे थे।राजमहल की भव्य दीवारें सामने प्रकट हुईं तो वीरव्रत की आँखें चौंधिया गईं। संगमरमर के स्तंभ, स्वर्णजड़ित तोरण द्वार और सेनापतियों की कतारें मानो उनका स्वागत कर रही थीं। महल के एक प्रांगण में पहुंचते ही, एक सौम्य स्वर सुनाई

पड़ा– "स्वागत है, वीरव्रत और समर सिंह। मैं विजय मित्र हूँ– राजनीति और नीति-शास्त्र का आचार्य। अब से मैं तुम्हारा मार्गदर्शन करूँगा।"

दोनों बालकों ने शीश झुकाकर प्रणाम किया।

विजय मित्र मुस्कुराकर बोले– "यह महल केवल ईंट-पत्थरों से नहीं बना, यह बना है रानी दुर्गावती की बुद्धि, धैर्य और बलिदान से। यहाँ रहकर तुम्हें न केवल युद्ध कौशल सीखना है, अपितु यह भी समझना है कि एक योद्धा की असली शक्ति उसकी नीति में होती है।"

उस रात्रि, एक ही कक्ष में रहते हुए, वीरव्रत और समर सिंह ने अपने भविष्य की कल्पनाएँ साझा कीं। दीपक की धीमी लौ में दोनों की आँखों में एक ही सपना चमक रहा था–राज्य और रानी के लिए वीरता से भरा जीवन।

अगली भोर राजमहल के विशाल सभा मंडप में रानी दुर्गावती की उपस्थिति में दोनों बालकों की पेशी हुई। रानी रजत सिंहासन पर विराजमान थीं, सिर पर मुकुट और चेहरे पर तेज, परंतु दृष्टि में वात्सल्य।

रानी दुर्गावती (मृदु मुस्कान के साथ) – "तो तुम ही हो सेनापति सूर्या भानु सिंह के पुत्र? और यह तुम्हारा सखा समर सिंह?"

वीरव्रत (गर्व से) – "हाँ महारानी। हम आपके राज्य की सेवा में समर्पित हैं।"

रानी (गंभीर होकर, फिर कोमलता से) – "तुम्हारी आँखों में सच्चाई और साहस की झलक है। मुझे विश्वास है, तुम हमारे राज्य की गरिमा को बनाये रखोगे।"

फिर उन्होंने अपने हाथ से दोनों की भुजाओं को स्पर्श करते हुए कहा– "यही आशीर्वाद है तुम्हें, कि युद्ध भूमि में तुम्हारा मन डिगे नहीं, और नीति के मार्ग पर तुम्हें कोई विचलित न कर सके।"

सभा में मौन था, पर उस मौन में एक संकल्प गूंज रहा था– वीरता, नीति और सेवा का संकल्प। उसी समय द्वारपाल ने भीतर प्रवेश किया और मस्तक झुकाकर कहा–"देवी! एक गुप्तचर आपके दर्शन हेतु प्रतीक्षारत है।"

रानी दुर्गावती: "प्रवेश की आज्ञा है।"

गुप्तचर तेज कदमों से भीतर आता है, धूल से सना हुआ वस्त्र, चेहरा चिन्ता से भरा हुआ

गुप्तचर (मस्तक झुकाकर): "जय भवानी! महारानी, सीमांत पर मुग़लों की हलचल तीव्र होती जा रही है। वे अपनी टुकड़ियों को गुप्त रूप से आगे बढ़ा रहे हैं। हमारे सूत्रों के अनुसार, वे गोंडवाना की सीमा का परीक्षण कर रहे हैं।"

सूर्य भानु सिंह (भौंहें सिकोड़ते हुए): "क्या कोई स्पष्ट संकेत है कि वे आक्रमण की योजना बना रहे हैं?"

गुप्तचर: "जी महोदय। उनके मुख्य सेनापति ने पिछली रात एक गुप्त बैठक की, जिसमें सीमांत ग्रामों की चर्चा हुई। हमारी शक्ति की परख की जा रही है।"

रानी दुर्गावती (धीर स्वर में): "धन्यवाद, गुप्तचर। तुम्हारी सेवा अमूल्य है। विश्राम करो, भोजन पाओ। हम उचित निर्णय लेंगे।"

गुप्तचर प्रणाम कर चला जाता है

राजपुरोहित (ध्यानमग्न स्वर में): "हे देवी, संकट की छाया केवल शस्त्रों से नहीं मिटती, धर्म और नीति की रक्षा भी अनिवार्य है।

यदि यह युद्ध अवश्यंभावी है, तो देवमंत्रणा और यज्ञादि से पहले एकात्मता की भावना जागृत करनी होगी।"

प्रजा प्रतिनिधि (नरम किन्तु चिंतित स्वर में): "महारानी, जनसामान्य में भय व्याप्त हो रहा है। हम आश्वासन चाहते हैं कि हमारी रक्षा की योजना ठोस है। यदि संकट आए, तो हमारी नारी शक्ति भी पीठ नहीं दिखाएगी।"

वित्त मंत्री (गंभीरता से): "महारानी, यदि युद्ध होता है, तो धन और रसद का प्रबंधन अत्यंत आवश्यक होगा। हमें तत्कालीन कर-संग्रह में सुधार करना होगा, साथ ही शस्त्रों और घोड़ों की व्यवस्था हेतु खजाना खोलना होगा।"

रानी दुर्गावती सबकी बात सुनती हैं, गंभीर होकर बोलती हैं। "राज्य की सीमाओं पर मुगल सेना की हलचल की खबरें चिंताजनक हैं। परंतु जब तक हमारी धरती पर माँ भारती का चरण है, कोई इस भूमि को छू भी नहीं सकता यह सभा केवल मेरे शासन की नहीं, वरन् गोंडवाना की आत्मा की सभा है। मैं आप सभी से अनुरोध करती हूँ कि एकता बनाए रखें। कल से

युद्धाभ्यास, कूटनीतिक संदेश, और धार्मिक अनुष्ठान—तीनों एक साथ आरंभ किए जाएँगे।"

सूर्य भानु सिंह: "महारानी, यदि आप अनुमति दें तो मैं स्वयं सीमांत क्षेत्रों का निरीक्षण करूँ और सेना की तैयारी को परखूँ।"

रानी (सुनिश्चित स्वर में): "सूर्य भानु सिंह, मैं आपको सम्पूर्ण सुरक्षा और सैन्य रणनीति का अधिपति नियुक्त करती हूँ।"

रानी रजनी की ओर देखती हैं, जो दरबार के कोने में खड़ी हैं, मुख पर गम्भीरता और आँखों में तेज।

रानी दुर्गावती: "रजनी, राज्य की आंतरिक व्यवस्था और स्त्रियों की सुरक्षा के लिए मैं तुम्हें विशेष दायित्व सौंपती हूँ। मेरे राज में कोई भी स्त्री असहाय नहीं रहनी चाहिए।"

रजनी (विनम्रता से): "महारानी, मैं इस कार्य को सेवा मानकर सम्पूर्ण निष्ठा से निभाऊँगी।"

रानी (वीरव्रत की ओर देखती हैं): " समय आ गया है। यह केवल तुम्हारा यौवन नहीं, गोंडवाना की आत्मा की अग्नि परीक्षा है।"

वीरव्रत (धीर स्वर में): "मैं तैयार हूं, महारानी।"

रानी खड़ी होती हैं, तलवार की मूठ को स्पर्श करती हैं, और कहती हैं—"मेरा शासन, मेरे महाराज की स्मृति है। और उनकी स्मृति में मैं एक-एक निर्णय को न्याय और साहस के साथ लूँगी। राज्य पर आंच आई तो मेरी आत्मा सबसे पहले ढाल बनेगी।"

सभा 'जय भवानी' के नारों से गूँज उठती है।

12: रणभूमि का आह्वान

भोर की लालिमा धीरे-धीरे क्षितिज पर फैल रही थी। नर्मदा के शांत जल में सूर्य की प्रथम किरणें प्रतिबिंबित हो रही थीं, मानो स्वयं देवता इस दिन को दिव्य बना रहे हों। इस विशेष दिन की सुबह, गोंडवाना की राजधानी के चारों ओर एक विशेष प्रकार का सन्नाटा व्याप्त था—यह सन्नाटा उस तूफ़ान से पहले का था, जो अब से कुछ ही क्षणों में समूचे राज्य को झकझोरने वाला था।राजमहल के प्रांगण में रानी दुर्गावती, अपने शस्त्रविहीन हाथों को आकाश की ओर उठाकर सूर्य को प्रणाम कर रही थीं – "हे आदित्य, आज तुम्हारी पुत्री धर्म की रक्षा हेतु रणभूमि में उतरने जा रही है। मेरा यह जीवन मातृभूमि के चरणों में समर्पित है।"

सेनापति सूर्य भानु सिंह और मुख्य सेना नायक , युवा वीरव्रत और समर सिंह के साथ रानी के समक्ष खड़े थे। रानी ने अपनी पैनी दृष्टि उन पर डालते हुए कहा– "आज का यह दिन इतिहास की कोख में अमर होने जा रहा है। यदि हम युद्ध में विजय पाएँगे,

तो यह हमारी वीरता का प्रतीक होगा, और यदि बलिदान देंगे, तो यह हमारी श्रद्धा और धर्म की रक्षा का प्रमाण।"

रजनी भी वहीं खड़ी थी, वीरव्रत के कंधे पर हाथ रखे। उसकी आँखों में आशीर्वाद और गर्व दोनों झलक रहे थे।सूर्य भानु सिंह ने अपने पुत्र को देखा और मन ही मन ईश्वर से प्रार्थना की—"मेरा पुत्र आज रणभूमि में उतरेगा, हे देव, इसका पथ उज्ज्वल करना।"

रानी ने युद्ध के लिए अपना शाही कवच धारण किया। उनका रथ सज चुका था—सामने दो घोड़े, बगल में धनुष और तरकश, कमर पर तलवार, और हाथ में एक भाला। रानी का यह रूप देख सभी सैनिकों के मन में ऊर्जा की लहर दौड़ गई। सेनाएँ पंक्तिबद्ध खड़ी थीं, और रणसिंघा बज उठता है।

दूसरी और, मुग़ल सेना, असफ खाँ के नेतृत्व में गोंडवाना की सीमाओं पर पहुँच चुकी थी। उनके सैनिक संगठित, संख्या में अधिक, और बेहतर हथियारों से सुसज्जित थे। उनका उद्देश्य स्पष्ट था—गोंडवाना को परास्त कर उसे मुग़ल साम्राज्य में विलीन करना।

रानी दुर्गावती अपनी सेना के साथ दुर्ग के बाहर खुले मैदान में पहुँचीं। उन्होंने आसमान की ओर देखा और युद्ध का आह्वान किया। "आज मेरा रक्त इस भूमि पर गिरे, तो वह इस माटी को और भी पावन बना दे,"।

भीषण युद्ध आरंभ हुआ। तलवारों की झंकार, घोड़ों की टापें, सैनिकों की गर्जना, और युद्धनाद से आकाश गूंज उठा। एक ओर रानी दुर्गावती, दूसरी ओर असफ खाँ।

वीरव्रत और समर सिंह युद्ध में अग्रिम पंक्ति में थे। वीरव्रत ने एक मुग़ल अधिकारी को ललकारा और केवल एक ही प्रहार में उसे भूमि पर गिरा दिया। समर सिंह ने धनुष से बाण चलाते हुए कई सैनिकों को रोका।

"समर! हम इस भूमि के रक्षक हैं," वीरव्रत चिल्लाया।

"जब तक रक्त की अंतिम बूँद शेष है, कोई हमारी माटी को नहीं रौंद सकता," समर सिंह ने उत्तर दिया।

रानी स्वयं तलवार उठाकर युद्धभूमि में उतर चुकी थीं। उन्होंने अपने चारों ओर हमला करने वाले मुग़ल सैनिकों को परास्त करते

हुए कहा, "यह भूमि हमारी माँ है, और मैं इसकी रक्षा के लिए अंतिम श्वास तक लड़ूँगी!"

तभी दूर से आता हुआ एक तीर समर के बदन को चिर देता है। वीरव्रत की मानो तो जमीन खिसक गई हो। जिसके साथ बचपन से सपना देखा वो आज यू वीर गति को प्राप्त होगा यह विचार मन में आना कठिन है। इसी प्रकार वीरव्रत मैं साहस जुटाया और यद्ध में पुनः लौट आया। चेतन को संभालते हए शस्त्र चलता है समर सिंह के लिए, अपने देश के लिए।

वहीं सूर्य भानु सिंह के पराक्रम की क्या ही कहे अपनी विशाल तलवार से शत्रु दल को तितर-बितर कर दिया। उनके नेतृत्व में गोंडवाना की सेना ने युद्ध का पलड़ा अपने पक्ष में कर लिया। हर सैनिक के चेहरे पर केवल एक ही संकल्प था—"हमारी रानी के लिए, हमारी मातृभूमि के लिए!"

संध्या होते-होते युद्ध की गति थोड़ी धीमी हो गई। पर यह केवल विश्राम था, अंत नहीं। रानी ने युद्ध के पहले चरण में अपार वीरता दिखाई थी, पर असफ खाँ भी पीछे हटने वाला नहीं था। उसने अपनी दूसरी पंक्ति की सेना को रात्रि में आक्रमण के लिए तैयार किया।

रानी ने अपने रथ से उतरते हुए सैनिकों को संबोधित किया– "आज तुम सबने मेरी आशा को पूर्ण किया है। कल का दिन निर्णायक होगा। पर याद रखो, हम सत्य की ओर हैं, धर्म की ओर हैं–और सत्य कभी पराजित नहीं होता।"

वीरव्रत ने उस रात आकाश की ओर देखा और माँ भवानी से प्रार्थना की–"माँ, कल का दिन मेरे जीवन का सबसे बड़ा युद्ध होगा। मेरी तलवार को तुम्हारा आशीर्वाद मिले।"

तभी तेज हवा चली और मानो समर सिंह की आत्मा ने मुस्कराकर कहा, "भाई, कल इतिहास लिखा जाएगा, और हम उसका हिस्सा बनेंगे मेरा और तुम्हारा साथ यही तक था पर दिया गया वचन तुम जरूर निभाना।"

और इस प्रकार, युद्ध का पहला दिन समाप्त हुआ। चाँदनी रात थी, पर रणभूमि पर अब भी बारूद की गंध और वीरता की कहानियाँ बिखरी पड़ी थीं। सबको ज्ञात था–अगला दिन निर्णायक होगा।

13: बलिदान की अंतिम रेखा

रणभूमि जल रही थी। चारों ओर युद्ध का कोलाहल था– घोड़ों की टापें, तलवारों की टकराहट, और घायल सैनिकों की चीखों से आकाश कंपायमान था। रानी दुर्गावती की सेना ने पूरे साहस से मुग़ल सेनाओं का सामना किया। हर ओर से रणभेरी बज रही थी, और आकाश में धुएँ की चादर फैल चुकी थी। वीरव्रत, जो अब एक सच्चा योद्धा बन चुका था, दुश्मनों की सेना के मध्य घुस चुका था। सूर्य भानु सिंह की दी हुई शिक्षा, रजनी की दी हुई संस्कृति और मातृभूमि के प्रति उसका अगाध प्रेम उसके हर प्रहार में झलक रहा था। उसके हाथ में तलवार थी, और उसकी आँखों में ज्वाला।

"जय भवानी!" का घोष करते हुए वह लगातार लड़ रहा था। उसका शरीर घायल हो चुका था, पर उसका मन नहीं टूटा था।

रानी दुर्गावती स्वयं अश्व पर सवार होकर युद्ध का नेतृत्व कर रही थीं। उन्होंने वीरव्रत को देखा–एक तेजस्वी दीपक की तरह, जो अंधकार के विरुद्ध जल रहा था। परंतु नियति को कुछ और

ही स्वीकार्य था। एक मुग़ल सेनापति ने दूर से बाण चलाया, जो वीरव्रत के वक्ष में आकर लगा। वह लड़खड़ाया, फिर भी एक शत्रु सैनिक को काट गिराया। परंतु दूसरा बाण उसके कंधे को चीरता हुआ निकला। अब वह घुटनों के बल गिर चुका था। उसकी साँसे भारी हो रही थीं, और रक्त उसकी वर्दी को भिगो चुका था। वह भूमि पर गिरा। उसकी दृष्टि आकाश की ओर थी—वह मुस्कराया। "माँ" उसने कहा, "मैंने अपने धर्म का पालन किया मैं अपने राष्ट्र के लिए गिरा हूँ जय भवानी" और फिर, उसकी आँखें स्थिर हो गईं।

कुछ समय बाद सूर्य भानु सिंह वहाँ पहुँचे। उनके मुख पर वीरता और पीड़ा दोनों का समावेश था। उन्होंने पुत्र के सिर को अपनी गोद में रखा, और निहारते रहे। रजनी को जब सूचना मिली, तो वह स्तब्ध रह गई। वह रणभूमि में दौड़ी आई। युद्ध अब भी चल रहा था, पर उसकी आँखों में केवल अपना पुत्र था। "वीरव्रत!" वह चीख पड़ी।

उसने बेटे का सिर अपनी गोद में रखा, जैसे कहानी के आरंभ में आम के बग़ीचे में रखा था। पर यह कहानी अंत की ओर थी।

"मुझे तुमपर गर्व है, पुत्र पर क्या माँ को इतना साहसी होना चाहिए कि वो अपने ही बेटे को माटी में समर्पित कर दे?" उसकी आँखों से आँसू बहने लगे।

रानी दुर्गावती भी वहाँ पहुँचीं। उन्होंने राजनी के सिर पर हाथ रखा, और कहा - "धरा धन्य है, वह पुण्यवती माता धन्य है, जिसने ऐसे वीर सपूत को जन्म दिया, जिसके शौर्य से मातृभूमि की रक्षा हुई, और जिसके बलिदान से भारत की माटी गौरव से आलोकित हो उठी। वह केवल पुत्र नहीं, जननी-जन्मभूमि का देवदूत है। ऐसा ही सपूत अपने माता-पिता को लोक में ही नहीं, परलोक में भी परमपद प्रदान करता है। उसकी कीर्ति उनके नाम को अमरत्व देती है, और उनका गौरव सहस्र सूर्यों के समान प्रकाशित होता है। "

एक दीर्घ शांति के साथ सभी सैनिक झुक गए। कोई युद्ध के कोलाहल में अब वीरव्रत के बलिदान की गूंज से बच नहीं सका। "जय भवानी!" के नारे रणभूमि में गूंज उठे।

उस दिन सूर्य ढल चुका था, पर एक सूर्य और भी अस्त हो गया था—वीरव्रत, जो अब भारत माता की गोद में सो रहा था।

14: रक्तसिंचित स्वाभिमान

रणभूमि अब केवल मिट्टी का मैदान नहीं था—यह बलिदान से सिंचित तपोभूमि बन चुकी थी। यहाँ हर ओर रक्त बह रहा था—पर यह रक्त पराजय का नहीं, स्वाभिमान का था। यह उन सपूतों का था जिन्होंने यह संकल्प लिया था कि वे अपने शरीर का अन्तिम अंश भी मातृभूमि की रक्षा के लिए अर्पित कर देंगे। रानी दुर्गावती, सूर्य भानु सिंह, और गोंडवाना की समस्त सेना अब अंतिम चरण में थी। युद्ध अपनी चरम सीमा पर था। हर ओर तलवारों की झंकार, तीरों की सनसनाहट, और वीरों की गर्जना गूंज रही थी। रानी दुर्गावती की दृष्टि एक क्षण के लिए भी विचलित नहीं हुई। उन्होंने देखा कि शत्रु की संख्या अपार है, पर आत्मबल उससे भी अधिक।

वह अश्वारूढ़ थीं, उनके नेत्रों में एक दिव्य ज्वाला थी। उन्होंने गर्जना की— "ध्यान रहे! यह युद्ध केवल भूमि के लिए नहीं है।

यह हमारी अस्मिता, हमारी संस्कृति, हमारे कुल की मर्यादा और मातृभूमि की पवित्रता की रक्षा का संग्राम है।"

सूर्य भानु सिंह, अपने पुत्र वीरव्रत की चिता को एक बार निहारकर, पुनः रणभूमि में कूद पड़े थे। उनकी तलवार में अब पुत्र का प्रतिशोध भी सम्मिलित था।

रानी ने अपने सेनापति से कहा, "हमें मुग़ल आक्रांताओं को यह दिखाना होगा कि गोंडवाना की रानी भले ही अकेली हो, परंतु उसका आत्मबल हजारों की सेना पर भारी है।"

दोपहर की बेला में अंतिम युद्ध आरंभ हुआ। रानी अश्व पर सवार होकर रणभूमि में उतरीं। हाथ में धनुष, कमर में तलवार, सिर पर धूप, और मुख पर तेज। उनका शौर्य देखकर शत्रु भी क्षण भर को स्तब्ध रह गया।

मुग़ल सेनापति ने उन्हें ललकारा– "रानी! आत्मसमर्पण करो, वरना तुम्हारे प्राण छीन लिए जाएँगे।"

रानी ने उत्तर दिया– "गोंडवाना की बेटियाँ झुकती नहीं, वे माटी में समा जाती हैं, पर दमन स्वीकार नहीं करतीं।"

युद्ध भयंकर था। रानी एक-एक कर शत्रुओं को धराशायी कर रही थीं। उनके प्रहार में आग थी, आहत थी, अपराजेयता की पुकार थी। परंतु संख्या बल भारी था। उनका अश्व घायल हुआ, वह भूमि पर गिरीं, पर उठ खड़ी हुईं। उनके एक हाथ में तलवार अब भी थी। सूर्य अस्त हो रहा था। उनकी देह घायल हो चुकी थी, पर आत्मा अब भी अडिग थी। तभी एक तीर उनके कंधे में आकर लगा, रक्त बहने लगा, परंतु वे रुकी नहीं। शत्रु की सेना चारों ओर से उन्हें घेर चुकी थी। सूर्य अस्त होने को था और आकाश लाल हो उठा था, मानो स्वयं सूर्य भी इस यज्ञ में आहुति देने चला हो। रानी के शरीर पर कई घाव हो चुके थे। उनका घोड़ा घायल हो गया, और वे भूमि पर गिर पड़ीं। परंतु यह केवल शरीर का पतन था—आत्मा तो अब भी शिखर पर थी।

उन्हें चारों ओर से घेरने के पश्चात जब एक मुग़ल सेनापति ने ललकारा—"अब जीवन का कोई मार्ग नहीं बचा रानी, आत्मसमर्पण करो।"

रानी के अधरों पर क्षण भर के लिए एक मुस्कान आई। उन्होंने कहा–“मातृभूमि की रानी कभी पराजय नहीं स्वीकारती। वह या तो विजय पाती है या बलिदान देती है। पर गुलामी? कभी नहीं।”

इसके पश्चात, रानी ने अपने सैनिक से कहा–“मेरी तलवार दो।”

महारानी, नहीं!"

"यह आदेश है। मैं मुग़लों के हाथों जीवित नहीं पकड़ी जाऊंगी।"

उस सैनिक के हाथ काँप उठे। परंतु रानी की आँखों में जो तेज था, वह स्वर्गिक था। उन्होंने उस तलवार को अपने हृदय के समीप लाकर कहा– “यदि मेरा रक्त इस भूमि की मर्यादा को अक्षुण्ण रखने के लिए बह सकता है, तो यह प्राण आज ही समर्पित होंगे। मैं नारी हूँ, लेकिन वह भी जो राष्ट्र और कुल को सिद्धि देने वाली है। आज मैं नारी नहीं, स्वयं सिद्धिदात्री बन रही हूँ। यह केवल मेरा बलिदान नहीं है, यह मां की गोद को लहू से सींचने की क्रिया है, ताकि अगली पीढ़ियाँ स्वतंत्रता के बीज बो सकें।”

और उन्होंने स्वयं को अपने ही हाथों से वीरगति प्रदान की।

अंततः मृत्यु को प्राप्त होकर भी जो सबको सिद्धि प्रदान करती है, अपने कुल का उद्धार करती है – वही स्त्री 'सिद्धिरात्रि' है।

धरती थर्रा उठी। आकाश मौन हो गया। परंतु उस रक्त की एक-एक बूँद चिल्ला रही थी– "मैं गोंडवाना की रानी हूँ! मैं मरी नहीं हूँ, मैं शौर्य बन गई हूँ!"

उनके जाने के पश्चात मुग़ल सेनाएँ विजयी तो हुईं, परंतु वह विजय उस मिट्टी से लिपटी हुई थी जो केवल रानी के रक्त से नहीं, समस्त गोंडवाना के गौरव से सनी थी। मुग़लों ने गोंडवाना की संपत्ति को लूटा, मंदिरों को ध्वस्त किया, और राजमहल की दीवारों को जंजीरों से भर दिया। परंतु वे रानी दुर्गावती के आत्मबल को कभी जकड़ नहीं सके। यह युद्ध समाप्त अवश्य हुआ, पर उसकी चिंगारी युगों तक जलती रही। रजनी, जिसने अपने पुत्र को खोया था, रानी की देह के पास बैठ गई। उसने अपनी हथेली में रानी के रक्त की कुछ बूँदें लेकर माथे पर लगाईं और कहा–"धन्य है वह नारी, जो स्वयं को अग्नि बना लेती है, ताकि मातृभूमि उजियाली रहे। तुम केवल मेरी रानी नहीं थीं, तुम मेरी आत्मा की देवी थीं।"

और फिर उठ खड़ी हुई, क्योंकि जो नारी अग्नि को स्वीकार कर ले, वह कभी झुकती नहीं। रानी दुर्गावती की आत्मा हर उस हृदय में जीवित है, जो स्वाभिमान के लिए अंतिम साँस तक लड़ने को तैयार है। यह केवल एक विराम था—एक गाथा का। यह रण आज भी चलता है—कभी सीमा पर, कभी नारी सम्मान की रक्षा में, कभी विचारों की स्वतंत्रता के लिए। तभी तो ये एक अखंड रण है।

www.ingramcontent.com/pod-product-compliance
Lightning Source LLC
LaVergne TN
LVHW060301051026
849517LV00003B/900